ディア・マイ・コンシェルジュ

NAGI
RIOKA
李丘那岐

CHOCOLAT
BUNKO

ILLUSTRATION 松尾マアタ

CONTENTS

チェックイン

疲れた旅人の心を癒《いや》すオアシスのような存在でありたい――そう言って創業者は五十年前にこの地でホテル業を始めた。

正面玄関前の広い庭にはその象徴たる噴水《ふんすい》があり、季節の色鮮やかな花々を愛《め》でつつ、人々は常緑樹《じょうりょくじゅ》の木陰に憩《いこ》う。庭の両サイドは桜並木になっていて、春にはサクラノホテルという名前通りの景色が広がる。

しかし今は秋。桜は枯れ木と変わりない。それでもきっと日本人なら、春の姿を想像して心を豊かにできるだろう。

「倉原《くらはら》さーん、メキシコから来たお客様に、なんで桜が咲いてないのかって怒られちゃいました。年中咲いてるものだと思ってたみたいで……。いくらコンシェルジュでも桜は咲かせられないですよねぇ」

見たことのないものを想像で補えとは言えない。

「それはお気の毒に。見せてさしあげたいが、さすがに自然には逆らえない。ホームページに載っている桜の写真には開花時期を大きく明記してもらうよう頼んでおこう」

倉原亨《とおる》がサクラノホテルに就職して五年。フロント業務を経てコンシェルジュになったのが二年前。コンシェルジュというのは、ゲストがホテル滞在中に楽しく過ごしてもらえるようお手伝いするのが仕事だ。ゲストの要望にはノーと言わないのが基本だが、物理的、道義的に応えられないこともある。

「紺野《こんの》、そのお客様のお名前は？　何号室かわかるか？」

宿泊客の名簿を開き、名前を聞いて該当する客を見つける。年配の夫婦連れで奥さんが桜を見るのを楽しみにしていたのだと聞いて閃《ひらめ》く。

「前にテレビで、桜で染めたきれいな桜色のスカーフを見た。本当にきれいで、あれなら奥さまも喜んでくれるかも。九州の草木染めの工房だったけど、あと三日滞在されるなら取り寄せて間に合うかもしれない。調べてみろ」

魔法使いにはなれなくても、人として最善を尽くす。心遣いで落胆を喜びに変えることはできるはずだ。

「わかりました！」

紺野は早速ノートパソコンを開いて調べ始めた。

高い吹き抜けの天井にはシャンデリアの光がきらめいている。広い床には白と緑の大理石が敷き詰められ、その中央に人の背丈をはるかにしのぐ生け花が据《す》えられていた。そんな豪華《ごうか》で静謐《せいひつ》なエントランスホールの片隅にコンシェルジュデスクはある。

朝のチェックアウトのピークが過ぎ、夕方のチェックインが始まるまで、エントランスホールはとても静かだ。今もすぐ横にあるフロントカウンターに年配の夫婦らしき客が一組いるだけで、玄関から入ってくる客はみなロビーラウンジの方へと歩いていく。

開いた花のようにテーブルとチェアが配《はい》されたロビーラウンジは、午後のティータイムを楽しむ人々で埋まっていた。軽食でも価格はリーズナブルとは言い難《がた》いが、窓の外の緑と雰囲気の良さを気に入ってくれる人は多い。

人々の憩う場所、心地《ここち》よい時間を提供できることが倉原の誇りだった。

紺野はまだコンシェルジュになったばかりで、倉原にとっては初めての後輩だ。自分も半人前で教えるなんておこがましいが、やれと言われればやるしかない。

「倉原さん、これ、スカーフがいいですよね。きれいだなあ。きっと喜んでもらえますよ！　でも、間に合うかなあ。電話してみようっと」

「紺野、おまえはもう少し落ち着いて喋《しゃべ》れ。元気なのはいいが、ちょっとうるさい」

倉原は眉間にしわを寄せ、銀縁眼鏡《ぎんぶちめがね》のブリッジを押さえて注意する。

紺野が「はい」と元気に返事した時、ラウンジの方の空気がざわっと揺れた。

なにが起こったのかと視線を巡らせば、ざわめきの元はすぐに特定できた。

人目を引く長身の男が、大理石の床をカツカツと踏みならし、エントランスホールを横切っていく。それだけといえば、ただそれだけのことだった。

しかし、穏やかに午後の語らいをしていたラウンジの客の目が……特に婦女子の方々のそれが、男の歩く姿に釘付けになっている。

男はこのホテルのドアマン――正確には元ドアマン――だった。現在は営業に部署異動しているが、わけあって今日はドアマンの制服を身につけている。

ドアマンの制服というのはどのホテルのものもたいがい格好いいが、このホテルの制服は凛々《りり》しいと特に女性に評判がよかった。

黒地に金糸《きんし》の縁取りがあるフロックコート風の長尺《ちょうじゃく》の上着、黒のスラックス、黒の革靴。そして頭には官帽《かんぼう》。ピンと背筋を伸ばして玄関前に立つ姿は、英国紳士の折り目正しさと、ガードマンの威厳《いげん》を兼ね備え、高級ホテルの門番に相応《ふさわ》しい風格を漂わせた。

誰が着てもそこそこ格好良く見えるが、普段から人目を引く長身の男前が着ると、有名人でも来たかのように場が騒然とする。

「うわあ……やっぱ和喜田《わきた》さん、格好いいですね。嘆願書《たんがんしょ》を出したくなる気持ちもわかっちゃうなあ」

紺野がしみじみと呟いた。

倉原の脳裏《のうり》に和喜田がドアマンをしていた頃のことがよみがえった。それはほんの一年ほどの間だったが、まるでアイドルのような人気だった。写真撮影を頼まれるのはいつものことで、ファンレターが来たり、通用口に出待ちがいたり、エスコートして欲しさに泊まる客がいたり。どんな理由であれ泊まってもらえるのは歓迎なのだが、迷惑もかなり被った。

『和喜田さんをドアマンに戻してください！』と、女性の一団が押しかけて来た話はホテル内で語り草になっている。当の本人は、それを鼻で笑い飛ばし、今は営業マンとして裏方に徹していた。

しかし、白い手袋を装着しながら歩いているだけで一目を引きつける、そんな男が裏方だなんて才能の無駄遣いではないのか。

だが、奴の才能は外見だけではない。それが凡夫《ぼんぷ》には腹立たしい。

格子の大きな玄関ドアが左右に開き、明るい日差しの中にその姿が吸い込まれていった。すると、ホッと緊張感が解けたようなざわめきが起こる。

「ドラマの撮影かなにかかな？　見たことないけど、俳優さん？」

エレベーターを待っている女性客がそんなことを話しているのが聞こえた。ざわめきの中から「格好いい」というフレーズばかりが耳につく。

「ホテルマンは顔でも身体でもない。中身だ、誠意だ」

自分を鼓舞《こぶ》するように呟けば、紺野がどこか気の毒そうにこちらに目を向けた。

「大丈夫です、倉原さんと和喜田さんは年齢以外なにひとつ被ってないので」

「なんだその大丈夫ってのは。俺は負けてない。……誠意だけは絶対」

他に自信を持って勝っていると言えるところは残念ながら思い浮かばなかった。

容姿に関しては、最初に見た時から張り合おうという気にもなれなかった。和喜田の身長は百八十センチ台の後半くらいで、倉原より十センチほども高く、体格もいい。髪も瞳も黒いが、広い肩幅や高い頬骨《ほおぼね》は西洋の血を感じさせた。

祖母がアメリカ人だと人伝《ひとづて》に聞いたことはあるが、本人に確認はしていない。仕事以外で倉原から和喜田に話しかけることはなかった。一貫して、おまえに興味はない、という態度をとっている。しかしたぶん和喜田は、自分にどう思われているかなんて気にしたこともないだろう。

「和喜田さんって、なんで営業に移ったんですかね?」

倉原の内心の苛立《いらだ》ちにまったく頓着《とんちゃく》する様子もなく紺野は暢気《のんき》に問いかけてくる。

「本人の希望だろ。入るなりドアマンっていうのも異例だったたし、それも一年で異動して……。なんかイレギュラーっていうか、特別扱いっぽいんだよな」

少し言い方が僻《ひが》みっぽくなってしまった。

入社したらまずフロントに配属されるのがこのホテルの基本だ。そこで少なくとも二年はサクラノ流の接客を叩き込まれ、常連客の顔を覚えてから、本人の希望する部署へと異動になる。人員の不足や余剰《よじょう》により希望通りにいかない場合もあるが、極力《きょくりょく》希望は叶えられる。己が満足して働かずに、客を満足させることはできない——という創業者の考えによるものだ。

だからどんなに嘆願が届いても、和喜田本人が戻りたいと言わない限り、ドアマンに戻されることはない。

ドアマンというのは本来かなり経験を必要とする職務なのだが、和喜田はそれを軽々とこなし、惜しまれながら営業に異動して、それもまだ一年と経っていないのに実績を上げ、他の部署からも引く手あまたらしい。ホテル内でももて男ぶりを発揮している。

「できる人って、なにやってもできちゃうんですねえ。……同い年だとやっぱりライバル視しちゃったりするものなんですか？」

そう訊く紺野の顔は倉原に同情的で、やめときゃいいのに……と書いてある。和喜田より下に見られているのは明らかだった。

「別に。同い年でも同期じゃないし、部署も違うし、ライバル視したってしょうがない。あいつは確かに仕事はできるけど、人間としては全然できてないしな」

負け惜しみに聞こえるかもしれないが、本当にそう思っている。容姿や能力で劣っていても、人として劣っているとは思っていない。

「でも和喜田さんって、わりと優しいですよ？」

「優しい？　あいつが？　おまえは騙《だま》されている。俺はあいつが入ってきたばかりの頃、同い年だから気軽になんでも訊いてくれって、それこそ優しく声を掛けたんだ。そしたらあいつ、おまえに教わることはないとか言いやがって……」

倉原はその時のことを思い出し、眉間に深いしわを刻んだ。

和喜田は大学の新卒採用だった倉原より三年遅れて入社してきた。同い年だと聞いたので、歓迎会かなにかの時に『同い年だから気軽に……』と気を遣って話しかけたのだ。

なのに和喜田は、鼻で笑うように返してきたのだ。

『同い年？　見えないな。大卒一年目ってとこかと思ってた。必死さ加減が』

『見えなくてもそうだし、俺の方がここでは先輩なんだよ』

カチンときて、ついムキになった。

『はいはい、先輩。でもまあ、教えていただくことは特にないと思いますけどね』

和喜田の飄々《ひょうひょう》とした物言いに、思わず睨《にら》みつけると、和喜田はなぜか楽しげに笑った。

『へえ、普段はわりと感情が顔に出るんだな。客にはいつも同じ作り笑いだろ、なんか胡《う》散《さん》くさい感じの』

『う、胡散くさ――』

その言葉は今も倉原の胸に突き刺さったままだ。そんなふうに見えていたことがものすごくショックだった。

昔から笑うのが苦手で、ホテルに入ってからは必死で……本当に必死で頑張って、やっと自然に笑えるようになったと自信もつきはじめていた頃だった。その一言で脆《もろ》く砕け散った自信は未《いま》だ回復に至っていない。

「なあ紺野。俺の笑顔っていつも同じか？　胡散くさいか⁉」

今の自分について後輩に見解《けんかい》を求める。

「ええ⁉　倉原さんの笑顔は素敵ですよ。胡散くさいなんてそんな……和喜田さんが言ったんですか？」

「ああ」

「うう……。そりゃ和喜田さんのキラースマイルに比べたら、ちょっと硬いかもしれないけど、胡散くさいなんて全然ないですよ！」

「硬い……か。だよな」

笑顔はサービス業の基本だ。それが自然にできていないのなら、ホテルマンとしてもまだまだだということ。がっつり落ち込めば、紺野が慌てる。

「いや、あの、硬いっていっても、だからこそ誠実そうに見えるっていうか、どっちかっていうと和喜田さんの方が胡散くさいです！」

必死のフォローがかえって虚《むな》しい。

「うん、あいつは胡散くさい。でも、それをお客様には感じさせない。悔しいけど、そういうところはプロだと思う。……だけどな、できない奴にはできない奴なりのいいところもある。俺の方があいつよりおまえの気持ちをわかってやれる」

一例を挙げてみれば、紺野は微妙な顔をした。

「倉原さん……それはなんか悲しいです。わかってもらえるのは嬉しいけど、やっぱ悲しいです」

「紺野、大事なのは人に対する心遣いだ。相手の気持ちをわかろうとすることだ。コンシェルジュにはそれが一番大事なんだ。……たぶん」

コンシェルジュは客のリクエストにただ応えるだけじゃない。その先にあるものを想像しなくてはならない。しかしそれ以前に、相談しやすい雰囲気も重要だ。

自分の神経質そうな容姿や表情の硬さはコンシェルジュ向きではない。

フロントにいた頃、コンシェルジュの仕事は嫌でも目に入った。最初は大変そうな仕事だと思った。客はわがまま放題。どんな無茶《むちゃ》を言われても全力で取り組み、時にはホテル全体を巻き込んでその願いを叶える。それだけに達成した時は客もスタッフもみな幸せな顔になる。大変だからこそやりがいのある素敵な仕事だと思うようになった。

憧《あこが》れは募ったが自分にやれるとは思えなくて、二年経ったら出せる異動願いを、さらに一年悩んで提出した。やってダメだったら諦めようと思っていた。

このホテルでは、あなたは向いてないからダメです、と言われることはない。ダメかどうかは自己判断だ。

「倉原さんって顔に似合わず熱血ですよね」

「顔……」

悪気なくコンプレックスを突かれ、倉原は暗くなる。黙っていると怖いとか冷たいとか言われてしまう顔。やりたいことと向いていることは違う、とはよく聞くことだ。

いかにも接客業向きの和喜田の容姿が羨《うらや》ましくないといったら嘘になる。

和喜田は飄々としてやる気があるのかないのかわからない奴だが、仕事はちゃんとやる。今日だって和喜田がドアマンの格好をしているのは、倉原が頼んだからだ。

『和喜田さんにドアマンの制服を着て出迎えてほしいの』

それが、子供の頃からこのホテルを利用している令嬢の、誕生祝いに欲しいもの、だった。おやすいご用です、と請《う》け負ったものの、和喜田に頼むのはかなり気が重かった。しかし和喜田は拍子抜けするほどあっさり承諾してくれた。

現金にもわりといい奴なのかもしれない、なんてことを思った。

大きな玄関ドアが左右に開き、花柄のワンピースを着た若い女性と、それをエスコートする和喜田が入ってきた。

女性は周囲に見せびらかすかのように、和喜田の腕に腕を絡める。和喜田はそれを邪険《じゃけん》にするでもなく、顔には笑みを浮かべながら、節度ある距離を保っているように見えた。

女性の扱いにそつがない。それはホテルマンとしてというより、和喜田個人が持っている資質だろう。ただの女タラシにしては品があり、育ちがいいのだろうと感じさせられる、どこか貴族的な雰囲気もあった。

　そういうところは素直に見習いたいと思う。どうやったら女性をスマートにエスコートすることができるのか。きっと自分なら、あんなふうに腕に抱きつかれたら、失礼にならないようにこの手を外すにはどうすればいいのか、それだけで頭の中がいっぱいになってしまうだろう。結果、女性を不快な気分にさせてしまうのは想像に難くない。

　気に入らない男でも、見習うべきところは見習う。

　エントランスを横切ってエレベーターへと向かう姿をじっと目で追った。女性に向ける目線、笑顔、手の動き、歩き方。どれを取ってもとても自然だった。

　しかしあれが自分にできるのか。和喜田の容姿あっての所作《しょさ》のような気もする。

　特に笑顔に関しては、顔の作りがあまりにも違うのでまったく参考にならない。

　和喜田は濃い眉がキュッと上がって、眼窩《がんか》が深く、さして目が大きいわけでもないのに目力《めぢから》がある。鼻筋も唇も直線的で、黙っていると怖さすら感じる男前だ。しかしその顔は笑みを浮かべた途端《とたん》に優しい印象に変わる。実にずるい顔だった。

　倉原も黙っていると怖いと言われるが、まったく意味が違う。

　細面《ほそおもて》に薄い眉、細い鼻筋。純和風のさらっとした顔立ちの中で、目だけがクリッとしている。子供っぽく見られがちなので銀縁眼鏡を掛けているのだが、そうすると銀行員か官僚かという堅い見た目になってしまう。

神経質そうで近寄りがたいと言われるから、いつも笑顔を心がけている。しかし優しそうというよりは慇懃無礼《いんぎんぶれい》な感じに見えてしまうらしい。

きっちり後ろに撫でつけた髪もいけないのかもしれない。でも、だらしないと思われるよりは堅いと思われる方が信頼を得られる気がするのだ。そこにうまく親しみをプラスする方法が倉原にはわからなかった。

倉原の目には、今は帽子に隠れている和喜田の短い黒髪は遊ばせすぎのように見える。しかしそう指摘する人はいないので、許容範囲なのだろう。

和喜田は考えなくても感覚でそういうことがわかる人のような気がする。エスコートの仕方だって、親しみやすい雰囲気作りだって、教えてくれと言えば案外あっさりと教えてくれるのかもしれない。でも、教えてもらうことはないと言われた相手に教えを請《こ》うのは、プライドが許さなかった。

エレベーターの到着を待つ間も、二人は王女とナイトという雰囲気で楽しそうだった。高層階のクラブフロアに宿泊する客は十五階にある専用のチェックインデスクで手続きをすることができるので、フロントには寄らない。

じっと見ていたら、和喜田は視線を感じたのか、こちらに目を向けた。目が合った瞬間、客に向けるのとはまるで正反対の、人を馬鹿《ばか》にしたような笑みがその顔に浮かんだ。

ムッと睨めば、なおさら楽しそうな顔になる。

「むかつく……」

倉原は誰にも聞こえない声で言って歯がみする。

女性に話しかけられた和喜田は、するりと営業スマイルに変わった。その笑顔の幅の広さにいっそ感心する。

和喜田は大学を出て海外を放浪《ほうろう》していたらしい。このホテルに来る前は商社勤めをしていたが、一年で辞めている。知りたいと思わなくても、情報は周りから入ってきた。ドアマンを一年、営業はまだ一年足らず。きっと飽きっぽい性格なのだろう。明日にも辞めますと言い出しそうで信用がおけない。

「和喜田さんと倉原さんって、仲がいいのか悪いのか、よくわからないですよね」

無言のやり取りを見ていたのか、紺野が不思議そうに言った。

「どこをどう見たら仲がいいように見えるんだ」

「悪いんですか？」

「あたりまえだ」

「でも、和喜田さんがああいう顔を見せるのって、倉原さんにだけのような気がするんですよね。気を許してるっていうか、わりと倉原さんのこと好きなんじゃないかな」

「んなわけあるかっ。あれは俺を馬鹿にしてるんだ」

きっぱり切り捨てれば、紺野は肩をすくめてそれ以上は言わなかった。

T.Kurahara
倉原

それから夕方まで勤務し、引き継ぎをして珍しく定刻に引き上げる。

更衣室に向かう途中の従業員通路に人だかりができていた。わいわいと賑やかな集団は、レストランのピンクの制服やベルの黒い制服など女性の制服品評会《ひんぴょうかい》のようだった。

その中心に、頭ひとつ飛び出た男がひとり。女性たちの手には携帯電話が握られている。なにが行われているのかはすぐに察することができた。ドアマン和喜田の撮影会だ。

「お疲れ様です」

倉原は愛想のない一言を投げてその横を通り過ぎようとした。が、フロントの先輩女性に引き留められる。

「倉原くん、和喜田くんの横に並んでよ」

「はい？」

なぜ自分がそんなことをしなくてはならないのか、理由がわからない。

しかし女性たちは、「それいい！」などとなぜかノリノリだ。期待に満ちた目で見つめられ、倉原はどうやってここから逃げ出そうかと考える。

「俺は別に、いつもこの格好だし……」

和喜田の制服姿を写真に撮りたいという気持ちは、倉原にもわからないではない。しかしだからこそ、その隣には写りたくなかった。

コンシェルジュの制服は黒のスーツにグレーのオッドベストだ。金糸の織のネクタイには、桜をデザインしたホテルのマークが入り、胸には金のネームプレートが光る。

ストイックな中にもちょっとした華やかさがあって、倉原としては気に入っているが、ドアマンの制服に比べればかなり地味なのは否《いな》めない。

客に要求されたのであれば写真くらい笑顔で応えるが、従業員ではその気持ちも薄れる。まして和喜田の隣では、自分は引き立て役だとしか思えなかった。

逃げる算段をしていると、ガシッと大きな手に肩を掴まれグイッと引き寄せられた。

「え、うわっ」

バランスを崩して和喜田の胸に倒れ込み、焦ってしがみついたところを抱き締められ、恥ずかしさに倉原は真っ赤になった。慌てて逃れようともがいたが、びくともしない。

「キャー、倉原くんったら、かーわいい」

「和喜田くんナイスよ！　はい、倉原くん、こっち見てー。お客様だと思ってスマイル」

フロント時代に指導してもらった先輩に言われ、倉原は引きつった笑みを浮かべる。

「いいねえ。その頑張ってる感じがたまんないわあ。同じ営業スマイルでも、和喜田くんのと倉原くんのは真逆よねえ」

冷静に分析されて笑顔はさらに引きつる。自然なのと不自然なのということだろうか。

「ほら倉原、ピースとかしてみろよ」

和喜田はそんなことを言って倉原の手を取って持ち上げ、自分はニコニコとカメラに向かってピースサインをしてみせる。ムッと睨みつければ女性たちが一斉に笑った。

「二人って仲悪くておもしろいよねえ」

仲がいいと言われるよりマシだが、オモチャにされるのは気分がよくない。しかし、口で女性に勝てる気はまったくしなくて、早々《そうそう》に逃げ出すことにする。

「じゃあ、失礼します」

慇懃に言って、和喜田の手を乱暴に振り払い、歩き出した。

「あ、じゃあ俺も」

和喜田も頃合いを見計らっていたのか、便乗《びんじょう》して男性更衣室に逃げ込んだ。

更衣室の中はずらりと並んだロッカーで三つに仕切られていて、二人は同じ右のスペースに入っていった。ロッカーの数は百を下らないというのに、なんの因果《いんが》か倉原と和喜田のロッカーは隣り合っていた。もちろんただの偶然だが、無駄に対抗意識のある倉原は、隣のネームプレートを見るたびに微妙な気持ちになる。コンシェルジュと営業は勤務時間が違うので、当人とここで顔を合わせることは滅多になかった。

倉原は自分のロッカーに手をかけ、和喜田はベンチシートにドスンと腰を下ろした。

「あー疲れた」

「疲れてるんなら、うちの従業員にまでサービスすることないだろ。おまえは無駄に外面《そとづら》がいいな」

さっきまでの愛想の良さの片鱗《へんりん》も見えない仏頂面《ぶっちょうづら》を見て、倉原は呆れながら突っかかるように言った。和喜田はこちらを見るとまた人を馬鹿にしたような笑みを浮かべた。確かにこの顔を他の人に向けているところはあまり見たことがない。

「外面は大事だぜ？　たとえ同僚でも……いや同僚だからこそ、あれくらいのお願いなら、聞いてやっといた方がいいんだよ。女ってのはいいことも悪いこともしつっこく覚えてるからな。写真を断ったくらいで悪印象を持たれたら後々面倒くさい。ちょっと笑顔を振りまいておけば、なにかと融通《ゆうずう》を利かせてくれるようになるんだから、どっちが得かくらいはわかるだろ？」

「おまえ……すごいな、ある意味」

その計算高さもすごいが、そんなことを考えていたとはまるで気取《けど》らせない完璧な笑顔がすごい。

「俺は面倒くさいのが嫌いなんだよ。目先の損得より先の長い利益。努力なんて効率的にやるもんだ」

「やっぱおまえはむかつく……」

感心したことを後悔し、倉原は渋い顔で上着のボタンを外しはじめた。和喜田は一度帽子を取って頭に斜めにのせ、倉原を斜めに見上げる。

「おまえみたいにいつでも全力、なんてのは非効率的だ」

「うるさい。別におまえに迷惑かけてるわけじゃないんだから、ほっとけよ」

「迷惑だ。目障《めざわ》りだし。気になるし」

「は？　なにがだよ!?　見なきゃいいだろ！」

「そうなんだけど、どうも目につくんだよなあ。一生懸命な奴って。特におまえみたいな顔に出さない奴」

「顔に出てないならわからないだろ」

「ところが、わかっちゃうんだよねえこれが。経験値で。澄《す》まし顔でいつも必死なのが、笑えるというか、心配というか……」

「それでおまえはいつも人のこと見て笑ってんのか」

人が一生懸命なのを見て笑うとはどこまで性格が悪いのだろう。

「親愛の情だ。俺が気になって仕方ないって言ってるんだから、もっと嬉しがれよ」

「は？　馬鹿にされて嬉しい奴がどこにいる」

「馬鹿になんてしてない」

「してるんだよ、その顔が！」

キッと睨みつければ、ニヤッと笑う。人の怒りなど気にも留めていない感じがやっぱり馬鹿にしているとしか思えない。

「子供の頃から人を馬鹿にした顔だとは言われてきたな、確かに」

そう言われると、悪いことを言った気分になる。顔で苦労してきたのは自分も同じだ。

「まあ、しょうがないよな、この顔だと。男にはだいたい僻まれる」

「僻んでないし」

一瞬でも同情した気持ちを返してほしい。

「おまえさ……無理して笑うなよ、痛々しいから」

「うまく笑えない奴の苦労なんておまえにはわからないよ」

「おまえにも色男の苦労はわからないだろ?」

冗談に違いないが、声音が真剣で思わず和喜田の顔を見る。いつもと同じニヤニヤが浮かんでいたが、ちょっとなにか違うようにも見える。

「わからないけど、わかってほしいのなら理解する方向で努力してみる」

倉原は真面目に言った。大事なのは相手の気持ちをわかろうとすること、そう紺野にも偉そうに言ったばかりだ。しかし和喜田はそれを聞くと、一瞬驚いた顔になってからプッと噴《ふ》き出した。なぜ笑われるのかわからず、倉原は和喜田を睨みつける。

「おまえなんかもう知らん。自分の損得ばっかり考えてりゃいいんだ」

「いやいや、嬉しいよ。さすがコンシェルジュ様。思いやり深くて……でも俺はそういうのいらないから。突っかかってこられる方が楽しい。遠慮なく嫌え」

「じゃあ遠慮なく嫌ってやるよ」

倉原は和喜田から視線を外し、着替えに集中する。自分のシャツに着替え、スラックスのベルトを外したところで手を止めた。

「じろじろ見んな」

無視しようと思っても、あからさまな視線が気になって仕方ない。

「おまえだってじろじろ見てただろ、ロビーで。あれは俺が粗相《そそう》をしないか見張ってたのか？」

「違う。あれは……」

言い淀《よど》む。見習おうと思って見ていたなんて言いたくなかった。

「ああ、俺に見惚《みほ》れてたのか」

和喜田はそれなら納得というように言った。

「はあ!?　どうやったらそんな厚顔《こうがん》になれるんだ」

「この顔だとなれちゃうわけだ。おまえも素材はいいのに使い方がわかってないよな。もっとうまく使えよ、その顔」

立ち上がった和喜田は正面から倉原の顔を覗き込み、眼鏡を外そうとした。倉原は焦ってそれを阻止する。ずっと眼鏡を掛けていると、外した顔を見られるのは裸を見られるより恥ずかしい。

「馬鹿にするのもいい加減にしろ。この顔が評判よくないってことくらい、ちゃんとわかってる」

「わかってないと思うけど……まあいいや」

和喜田は呆れたように言ってまたベンチに腰を落とした。

色男の苦労なんて本当にあるのか。あったとしても大して苦にしていそうにない。和喜田への思いやりなど切り捨てて、見られているのもかまわずスラックスを脱いだ。下着姿を見られる方が、素顔を見られるよりマシだ。

「意外にガリガリじゃないんだな。骨、皮、みたいな印象だったんだけど。鍛《きた》えてるのか？　ま、俺に比べれば全然細いけど」

その言葉は無視する。和喜田と比べられては、鍛えていると言うのも恥ずかしい。

自前のグレーのスーツに着替え、ロッカーをパタンと閉める。出勤する服装は基本的に自由なのだが、倉原はいつもきっちりスーツだった。

「スーツからスーツに着替えるってのもなあ……」

「そんなのは俺の自由だ」

いちいち嫌な言い方をするのは、もしかしたら怒らせたいのだろうか。嫌いな人には嫌われたいとか、そういう変な嗜好《しこう》の持ち主なのか。

通勤着に関しては自分でもどうかと思っている。通用口から出入りするので、あまりに華美だったりだらしない服装でなければ問題ないのだが、その加減が倉原には難しかった。スーツは堅苦しいが、悩まなくていい分、気は楽だった。

倉原は和喜田を置いて更衣室を出ようとしたが、ドアマンの制服にふと思い出して立ち止まる。

「石川様《いしかわ》をエスコートしてくれたのは感謝してる。いい誕生日になったととても喜んでいらっしゃった。……ありがとう」

礼を言えば、和喜田はやはりどこか呆れたような顔をした。

「本当、律儀《りちぎ》だな。礼なんて言わなくていい。あのお嬢様はうちの上得意様だし、育ちもいいから無茶なわがままは言わない。コスプレで出迎えるくらいは大したことじゃない」

「コスプレって……」

「この格好がいいなんてのは、野郎がメイド服着て奉仕しろって言うのと同じレベルだろ。まあ、プレイというには上品で、お願いも可愛いもんだったけどな」

「そうか。まあ……制服着てると格好いいからな」

素直に褒《ほ》めたくなくてそんな言い方をすれば、和喜田はニヤッと笑った。長い脚を広げて座り、膝に肘《ひじ》を突いてこちらを見る。ネクタイが緩められて襟元が少しだらしないのが、粗野《そや》な感じでまた格好いい。

「おまえも着てみるか？」

和喜田はおもしろがって上着のボタンに手をかけた。

「着るかよ。どうせ笑うつもりだろう」

「わりと似合うと思うぞ？　でも俺のサイズじゃな。彼氏のワイシャツを借りましたー、みたいなことになるだろうな」

「嫌な喩《たと》えするよな……性格悪すぎ」

「おまえには特別だ。俺は誰にでも優しいジェントルマンで通ってる」

「ジェントルマンの意味を調べ直せ。じゃ、お疲れ」

おざなりの挨拶《あいさつ》をして更衣室を出る。

廊下にはもう誰もいなかった。当然だ、彼女たちも暇ではない。業務に戻ったか、家に帰ったか。撮影会は忙しい合間の息抜きだったのだろう。

和喜田の言い分を認めるわけではないが、写真くらい愛想よく応えてあげればよかったと思う。自分の気持ちを優先させて、彼女たちのストレス発散に水を差してしまった。腹の中はどうあれ、彼女たちにとって和喜田は優しいジェントルマンだったに違いない。

人を思いやるというのは難しい……。

意識しなくても人を思いやれるような、もっとおおらかで大きい人になりたいのだが、どうすればそうなれるのかわからない。自分にはそもそも無理なのだろうか……。

無人の薄暗い廊下に重い溜息が響いた。

倉原には自分が嫌になると思い出す言葉がある。

『自分は完璧だ、なんて思ったら終わりよ。私たちの仕事は、ひとつずつ、ひとりずつ、なの。難しいことをお願いされたら自分が成長できるチャンスだと思って、はりきって苦しみなさい』

すぐに自分の不出来を呪《のろ》う倉原に、先輩コンシェルジュがくれた言葉だ。

真面目に仕事をこなしていけば、きっと成長できる。完璧になれる日は来なくても、自分を好きになれる日は来ると信じたい。その時には和喜田だって、少しは認めてくれるのではないだろうか。

ただそれまで和喜田がこのホテルにいるかどうか……。

ふわふわと掴み所のない男は、その経歴も掴み所がなかった。海外放浪から帰って一流商社に勤め、ホテルに転職。共通点はグローバルだということくらいか。商社マンの方がホテルマンより高給取りなはずだから、金で転職したわけではないのだろう。どういう基準で転職したのかわからないから、いつまた転職するのかもわからない。

やりがいなら一流商社にも負けない、と倉原は思っているが、和喜田もそう思っているかは謎だ。そもそも一生懸命な姿が目障りだと言うような男が、やりがいなんて求めるだろうか。

地に這《は》いつくばって頑張っている自分を、悠々と上空から見下ろしている和喜田。倉原は自分と和喜田の関係にそんなイメージを持っていた。まるで蟻《あり》と猛禽類《もうきんるい》。

自分は蟻でもいい。こつこつ地道にやるのは嫌いじゃない。だけどそれを馬鹿にされれば、撃ち落としたくもなる。

しかしきっと、ひらりひらりと躱《かわ》されて余計に悔しい思いをするだろう。

和喜田なんて気にしなければいいのだ。目の前のことを、ひとつずつ、ひとりずつ――。自分にそう言い聞かせる。

ホテルの裏にある通用口から外に出ると、空気を肌寒く感じた。もう少ししたらコートが必要になるだろう。秋の深まりを感じつつ、倉原は足を北東に向けた。

夕食は市場調査を兼ねて外食が多い。ホテルの周囲の店を北から順に回っているのだが、一年近く経っても、まだ四十五度分しか進んでいない。

コンシェルジュにとって情報は命綱《いのちづな》だ。美味《おい》しい店、雰囲気のいい店はもちろん、観光名所が空いている時間や穴場のパワースポット、珍しいお土産《みやげ》等々。人に教えてもらったり、自分の足で稼いだり。インターネットには負けられない。

地を這って努力して、お客様の笑顔を引き出す。和喜田のニヤニヤ笑いを思い出せばむかつくが、これまでもらった客の笑顔を思い出せば足取りは軽くなる。

空なんか飛べなくていい。しっかりと地面を踏みしめて前に進む。

外国人旅行者に意外と人気の高い「赤ちょうちん」を今夜のターゲットに決め、倉原はひとり紺色ののれんをくぐった。

「帰国子女なんですか？」

四カ国語が喋れると言うと、だいたいそう訊かれる。違うと答えると、次に訊かれるのは、どうやって勉強したのか、もしくは、なんのために習得したのか。

どうやって、の方は実際やった方法を言えばいいだけなので苦もないが、なんのために、の方は明確な目的があったわけではないので、学ぶこと自体が楽しかったんです、と面白みのない答えを返していた。

でも最近になってようやく、自分がなにをしたかったのかわかってきた。

たぶん自分は話がしたかったのだ、いろんな国のいろんな人と。言葉は人とコミュニケーションをとるためのツール。習得の理由は至極《しごく》根本的なところにあった。

そんな単純な理由に気づけなかったのは、自分がそんな人間だとは自分自身まったく思ってもいなかったからだろう。

子供の頃から愛想がない、真面目、堅いと言われてきた。大学卒業後の進路にホテルを選んだ時には、誰もが意外そうな顔をした。官庁や商社などもっと堅い仕事を勧められたが、それには魅力を感じなかった。

ホテルマンのカチッとした感じは好みだし、語学力を活かせてやりがいもありそうに思えた。今思えば、机に向かう仕事より、人に向かう仕事がしたかったのかもしれない。

その中でもサクラノホテルを選んだのは、創業者の本を読んで共感するところが多々あったからだ。創業者はもう故人だが、業界では『サービスの父』と呼ばれ今も敬愛されている。今やラグジュアリーホテルと呼ばれる高級ホテルのほとんどが外資系だが、サクラノホテルは純国産。それも理由のひとつだった。

海外にある系列ホテルは、創業者の妻の生まれ故郷と、創業者夫妻の思い出の地に建つ二つだけ。それ以上増やす予定はない。堅実で誠実で温かい経営理念。サービスの父は才覚に優れ、ロマンチックで愛に溢れた人だった。

旅人のオアシスになりたい――その気持ちは今もこのホテルに、ホテルで働くみんなに受け継がれている。

その一員であることに倉原は誇りと喜びを感じているが、力になれている自信はあまりなかった。目の前のことにただ必死で取り組むだけ。それが和喜田のような人間には滑稽《こっけい》に見えるのだろう。

しかし、元々対人スキルの低い倉原にとって、接客業は高く険しい山だ。必死にならなければ登れない。

自然な笑顔を浮かべるのにどれだけ苦労したことか。

親しげに接すれば品がないと言われ、節度を持ってと気遣えば冷たいと言われ、途方に暮れた。

わかったのは同じように接しても人によって受け取り方は違うということ。だから、人を見て態度を変えるのは悪いことではない。相手の反応を見ながら、その人が心地いいと感じる距離を探る。一目見てそれが見極められるようになれれば、プロフェッショナルと言ってもいいだろう。

誰もが気軽に泊まれるとは言い難い宿泊料を取るからこそ、サービスは普通ではいけない。高い期待のさらに上を行くのが当然なのだ。

ホテルは夢の国で、宿泊客は王か姫か――。

ホテルの外観はまさに城だった。白い石積みの壁に飾り窓、緑の屋根。その背後に二十二階建ての近代的なタワーが付随《ふずい》している。噴水のある前庭も併《あわ》せて全体に中世ヨーロッパ風だが、桜が咲くと途端に和の雰囲気が漂う。

高級感は時に人を威圧するが、夢の国にストレスがあってはならない。いかに心穏やかに過ごしてもらえるか、スタッフ全員が超一流のおもてなしを約束する。

中でもコンシェルジュは主人に仕える執事のようなものだ。二百室あるホテルなので、本当の執事のようにこちらから細かく気を配ることはできないが、依頼があれば、どのようなことにでも応える。「できない」と言うのは、仕事を放棄するのと同じこと。

それでも、秋に桜を咲かせることができないように、現実にはできないこともある。しかし、桜を見ることができなかった客は、紺野が用意した美しい桜色のスカーフに大喜びして、一生の宝物にすると言ってくれた。

問題は、できるかできないかではなく、宿泊を楽しんでいただけるか否か。

秋らしい穏やかな陽気になった今日は、平日のわりに客が多く、小さなランプが灯るコンシェルジュデスクにもいろんな客がやってきた。

倉原の前には今、若い男女が座っている。美味しいレストランを教えてほしいという依頼で、好き嫌いや場所はどの辺りがいいのかなど、話は弾んでいたのだが、急に横から身を乗り出してきた女性が、ドンッとデスクに手を突いた。

「ねえ、私の大事なブレスレットがないの。部屋でつけたのに、今ここまで来たらないのよ。探して」

三十代前半の常連客は、なんの前置きもなくそう言った。

「それはお困りですね、金森《かなもり》様。かしこまりました。少々お待ちください」

倉原は不快感も見せず、にこやかに対応した――つもりだった。

「は？　なんで私が待たなきゃならないの。さっさと探しなさいよ」

金森は不快感もあらわにそうごり押ししてくる。

「申し訳ございません。私はただいま別のお客様の応対中でして。すぐに手の空いている者をこちらに呼びます」

「はあ？　私はプラチナＶＩＰなのよ！　こんな低層の安部屋に泊まっているような人間のために、どうして私が待たされなきゃならないの⁉」

場にそぐわぬ金切り声がエントランスホールに響いた。

不快な空気の発信源になってしまったことに、倉原は責任を感じる。目の前の二人も横から割り込まれたうえに嘲《あざけ》られるという災難を被り、不愉快そうに顔を見合わせた。

みなで作り上げた心地よい空間も壊れるのはあっという間だ。迅速《じんそく》にこの場を収拾しなくてはならないが、金森の目はつり上がり臨戦態勢だ。

胸元でゆるくカールした栗色の髪、長い睫毛、濡れたような唇。高級ブランドのスーツとバッグ。隅々まで金がかけられているのがわかるきれいな女性だが、言動がすべてを台無しにしていた。上流階級の人間だというのなら、淑女の品格も身につけてもらいたい。

「存じ上げております、金森様。誠に申し訳ございません。すぐにクラブフロアのコンシェルジュが参りますので、少しだけお待ちいただけますでしょうか？」

プラチナＶＩＰというのはこのホテルの常連客の称号だ。すぐ横にあるエレベーターでクラブラウンジのある十五階まで上がれば、専任のコンシェルジュがいる。

倉原は苛立つ内心をシルバーフレームの眼鏡の奥に隠し、控えめに伺いを立てた。

「だから、なんで私が待たされるのよ⁉　私がどれだけここに金を落としてると思ってるの！　あーあ、客が安くなって、ホテルマンまで安くなったわ」

金森は完全にへそを曲げてしまった。

あしざまに言われて傷ついたが、それより目の前の二人に申し訳なかった。

倉原が前の客の相手をしている間、二人は観光情報誌を開いて、ここもいい、あそこにも行こうなどと楽しげに相談しながら待っていてくれた。やっと力になれると向き合った途端に、横から割り込まれてしまったのだ。

お客様に優劣をつけない。一面だけを見て人間性を判断しない。尊敬する先輩コンシェルジュの言葉を思い出し、倉原は不快感を腹の中で押し殺す。

「誠に申し訳ございません。どうぞこちらの椅子におかけ……」

「なんなのその人を馬鹿にしたような顔。あなたが探しなさい。今すぐ！」

どうやら意地になってしまったらしい。なにがなんでも倉原を自分の思い通りに動かさないと気が済まないようだ。それならこの場を他のコンシェルジュに変わってもらうしかない。仕方なく目の前の二人に承諾をもらおうとしたのだが、

「どうなさいましたか、お客様」

低く通る男の声が、激昂《げっこう》する金森に掛けられた。

声の方へと目を向ければ、ダークグレーのスーツに身を包んだ和喜田が、さわやかな笑みを浮かべて立っていた。営業先から帰ってきたところなのか、金のネームプレートを取

り出して胸につけ、女性に優しい眼差しを向けた。

精悍な印象を与える濃い眉と削げた頬。吊り気味の目は、笑みの形になると急に茶目っ気が生まれる。

その容姿が魅力的なのは倉原も認めるが、登場しただけで金森が黙り、心配そうだったフロントスタッフまでみなホッとした顔になるのは気に入らなかった。

しかしそんな内心を顔に出すことなく、倉原は和喜田に向かって口を開いた。

「こちらの金森様がブレスレットをなくされたそうです。とても大切なものらしいので、探して差し上げてください」

「わかりました」

和喜田は請け負ってくれたが、金森はハッと我に返ったように倉原へ視線を戻した。

「私はあなたに探せと言ったのよ。なんなの、澄まし顔で人を馬鹿にして。ただの従業員のくせに何様のつもりよ⁉　後回しとか人任せとか、冗談じゃないわ。支配人を呼んで。私のお父様はね――」

なにがなんでも倉原を屈服させずにはいられないらしい。それはかまわないのだが、父親の名前を出そうとするのを聞いて、マズイ、と思った。こんな場所で躾《しつけ》のなってない娘に名前を出されては、父親の名誉に傷がつく。

倉原が慌てて口を開こうとした時、和喜田が自らの顔を金森に近づけた。彼女は驚いて

口を噤む。

「金森様、申し訳ございません。この男はどうにも融通の利かない堅物でして。きっと、あなたに向けた澄まし顔というのは、魅力的なレディーのお願いに心動かされまいと必死な顔、だったのだと思います。寛大な心でお許しいただけないでしょうか」

和喜田にじっと見つめられ、金森は一瞬怯んで、ほのかに頬を染めた。

「それは……まあ、しょうがないから許してあげてもいいけど……」

「ありがとうございます。私ではご不満でしょうが、お手伝いさせていただけますか？」

もちろん金森がそれを拒むことはなく、和喜田はごく自然にエスコートしてデスクから離れていった。

助け船には感謝すべきなのだが、差を見せつけられたようで悔しかった。

「格好いい人ですね……」

感心したような声を聞いて、自分が今すべきことを思い出す。

「大変失礼いたしました。最高のレストランをお探しいたします」

不快な思いをさせてしまった分も取り返そうと、倉原は懸命に相談にのった。カップルも徐々《じょじょ》に最初の楽しげな雰囲気を取り戻し、活発な意見交換ののちに店が決まる。倉原はその場で店に予約を入れ、タクシーを呼んで二人を送り出した。

「倉原さん、ありがとう。あなたは素晴らしいコンシェルジュよ。あんな失礼な人の言うことなんて、気にしないで」

「ありがとうございます。いい記念日にしてくださいね」

倉原は二人を見送ってデスクに戻り、予約を入れた店にもう一度電話をして、二人が好きだと言っていたシャンパンを、ホテルからのサービスで出してもらうよう頼んだ。

災いは必ず転じて福となしておかなければならない。不快な思いをさせてしまったら、それがあったからこそこんないいことがあったと、思い返した時に笑顔になれるよう手を尽くす。

今日は二人が付き合い始めて一年目の記念日で、もうすぐ結婚するからこれが独身最後の旅行なのだと言っていた。嫌な想い出として残してほしくない。

倉原はノートパソコンを開き、今しがた起こった出来事を入力していく。

澄まし顔と言われたのは久しぶりだ。馬鹿にしたつもりはなかったが、面倒な客だと思ってしまったのが伝わったのかもしれない。

薄い頬に手を当てて口角を上げてみる。銀縁眼鏡を愛嬌《あいきょう》のある丸眼鏡に換えてみようか、と考えるが、眼鏡だけの問題ではないだろう。

融通の利かない堅物という和喜田の言葉は正しかった。大学の時は、真面目に付き合っていた女性に堅すぎるという理由でふられ、高校の時はデート中に、私といてもおもしろくないんでしょ、と泣かれた。これまで恋人と三ヶ月以上続いたことがなくて、女性は苦手だという意識がこびりついていた。

　こんな人間に接客業は、ましてやコンシェルジュなんて無理なのではないか。やりたいのに向いていないなんて悲しすぎる……。

　エントランスを行き交う人々を眺めながら、倉原は静かに落ち込む。

　いや、諦めるのはまだ早い。やる気がなくならない限り、人は成長できる。そう自分に言い聞かせ、気力を奮い起こす。

　女性の扱いがうまくなるためにはどうすればいいのか。自力でどうにもできないなら、誰かに教えてもらうしかない。しかし自分の知る中で一番女性の扱いがうまいのは和喜田だ。

　ここはプライドや意地を捨てて教えを請うべきか……。

　苦悩する脳裏にある男の顔が閃いた。そうだ、もうひとりいた。女性の扱いがうまいというより、ただの女好きのような気もするが、和喜田のように反発を覚える人ではないから頼みやすい。

　倉原は業務を終えると私服のスーツに着替え、ホテルの十九階にあるバーに向かった。

「よお、倉っち。今日も薄暗い顔してるね」

　微妙に傷つくのだが、この男のこういう物言いにはもう慣れた。

　バーカウンターの中でシェーカーを振りながら、男はこちらを見てニッと笑った。

ちょっと軟派な感じがするのは、長い髪を後ろでひっつめた髪型と柔和《にゅうわ》な顔立ちのせいだろう。バーテンダーの制服である丈の短い黒のタキシードとグレーのパンツ、ワインレッドの蝶ネクタイがよく似合っている。

倉原は溜息をつきながら、カウンター席の一番目立たない隅っこに腰かけた。

「なんだ？　なんかお悩みか？　どうせまた、俺はコンシェルジュに向いてないーとか、そういうことだろ？」

「なんでそう思うんです？」

「おまえの悩みなんて、理由は違えどいつもそれじゃん。たまには色っぽい悩みを持ってこいよ。手を出した女が人妻だった、とかさー」

「それは如月《きさらぎ》さんの悩みですよね？　どうせ俺の悩みなんて、それしかないですよ」

倉原にとっては唯一で最大の消えない悩みなのだ。

如月は倉原より五つ歳上で、老若《ろうにゃく》問わず女性には人気がある。倉原が入社した時にはもうバーテンダーだったが、フロントにいた時もかなりもてていたらしい。

「ああ、拗ねるなよ。新しいカクテル、飲むだろ？」

「はい。如月さんが考えたんですか？」

「いや。今回のは我が愛弟子《まなでし》、晴香《はるか》ちゃんが考えた。ブルーラグーンって、可愛い顔してクールなカクテル作るんだよ」

ニヤッと笑ってウインクする。なにかにつけ、くだけすぎの如月は倉原の考える堅苦しいホテルマンの定義にはまったく収まらない男だった。

「それなら晴香さんに作っていただきたかったですね」

「はあ？　俺じゃ不満だっての？」

「いえ。如月さんでけっこうです」

「なにげに失礼だよな、おまえ」

冗談を言って冗談で返されただけなのに、失礼だという言葉が胸に刺さった。

「なんだ？　どうした？」

「お客様に澄ました顔で馬鹿にしてる、と言われました」

言った途端に如月は笑い出した。一応、静かな空気を壊さないように声を潜めて。

「気にすんなよ。いつものことだろ？」

「いつものことだから気にするんです。進歩がない……」

「いやいやいや。おまえは進歩してるよ。最初の頃に比べたら遙《はる》かに表情は柔らかくなった。冗談も通じるし、機転も利く。顔が少しばかりお澄ましさんなのは、もうしょうがねえよ」

「お澄ましさん……」

倉原はまた溜息をつく。

「ああそういや、フロントの木戸《きど》ちゃんに聞いたよ。和喜田王子が華麗に助けてくれたんだって？　それか、おまえの溜息の源《みなもと》は」

「それ、です……」

どんなこともホテル内では情報が速やかに伝達《でんたつ》される。情報の共有は大事なことだが、できれば知られたくなかった。しかも華麗に助けられた、なんて……また和喜田の株だけが上がったようだ。

「ホテルはチームワーク。助け合うのがホテルマンなんだからいいんだよ。おまえが奴を助けることだってあるさ」

「……ありますかねえ？」

「……たぶんな」

疑わしげに問いかければ返事が曖昧《あいまい》になった。倉原はまた溜息をつく。

「冗談だって。深刻に考えんな。ほら、これが新作、ブルーラグーンだ。人生ってのは、なにかとしょっぺーものなんだって」

ショットグラスに注がれた液体は、青くきれいに澄んでいた。一口飲んでみれば、確かに塩味がきいている。しかしかすかに柚子《ゆず》の香りがして、ホッと落ち着く味だった。

「美味しい。女性が好きそうだ」

「だろ？　これで客に可愛い女の子やきれいな熟女が増えればいいんだけど、ここは八割方野郎なんだよな……。しょっぺーよ、本当」

「地味な男がぐちぐち言ってすみませんね」

「倉っちは特別。ぐだぐだ悩んでも頑張る子は好きだよ。和喜田王子もそう思って手を貸してるんじゃねえの？」

「あいつは絶対違います。あれは……自分のできのよさを見せつけてるだけです」

「うわー、ひっくつー」

茶化されてムッと押し黙る。確かに卑屈《ひくつ》だ。

「……でも、負けないし」

負け惜しみのようにつぶやく。今は卑屈でも、ずっと卑屈のまま終わる気はない。

唇をぎゅっと引き結んだ倉原を見て、如月はフッと微笑んだ。

「うん。その振り幅が倉っちのいいところであり、面白いところだな。卑屈になってうつむいたと思ったら、ガッと顔を上げて、俺頑張る！　って明日に向かって走り出すんだ」

「面白がらないでください。俺は真剣なんです。ところで如月さん、俺に女性の……」

扱い方を教えてもらえないか、と切り出そうとしたのだが、

「如月さん！　試飲係を拉致《らち》ってきました！」

元気な声が割り込んできた。バーの制服を着た若い女性従業員が引っ張ってきた男を見て、倉原は眉を寄せる。今一番見たくない顔がそこにあった。

「おやおや。さすが我が愛弟子。いいタイミングで……」

如月は面白そうにニヤニヤ笑い、引っ張ってこられた和喜田は苦笑していた。

「あ、倉原さんも来てたんですか⁉　ブルーラグーン、どうです？」

如月の愛弟子、晴香はまるで物怖《ものお》じしない女性だった。和喜田の腕を掴んだまま、倉原のグラスを見て笑顔で問いかけてくる。

「美味しいですよ」

倉原が言えば、パッと笑顔が弾けた。

「わーい。嬉しいな。実はもうひとつ飲んでほしいのがあるんですー。和喜田さんも座ってください」

和喜田を倉原の横に座らせて、自分はカウンターの中に入っていく。

和喜田とバーで肩を並べるなんて歓迎しがたい状況だったが、話すべきことはあった。

「お疲れ。金森様のブレスレット、見つかったんだって？」

見つかったという報告は受けていたが、細かいことまでは聞いていなかった。

「ああ、見つかったぜ。エレベーターの中も廊下も、部屋の中まで這いつくばるようにして探して。見つからないから、バッグの中を確認してもらえないかって頼んだら、あったわ、だと。さすがに怒鳴りつけそうになったな。最後まで一言も謝らなかったし」

あの時の笑顔は幻《まぼろし》だったのかと思うほど憎しみのこもった顔をして、和喜田は金森を非難した。きっとこの怒りも客には見せなかったのだろう。

「それは……大変だったな。でも大事なものみたいだったから、見つかってよかったよ。ありがとな」

なんにせよ、和喜田のおかげであの場が収まったのは確かだ。個人的感情はとりあえず横に置いて礼を言う。

「おまえさ、むかついてないのか？　あのわがまま女、最低だっただろ」

「むかついたよ。お客様を侮辱されたし、空気は悪くなるし……。でも、俺の対応もまずかったんだ」

「おいおいマジか、どんだけ優等生だよ。面白みのない奴だな」

「面白みなんてなくてけっこう」

「そんなんだから、澄ましてるなんて言われちゃうんじゃねえの？」

コンプレックスのど真ん中を突かれて言い返す言葉に詰まる。面白みのない優等生。真面目だけが取り柄のつまらない人間。そんなことは自分が一番よくわかっている。

「いじめんなよ、王子。倉っちはよく知ると面白いんだぜ？　ダイヤの原石……ていうのとはちょっと違うか。真珠貝《しんじゅがい》みたいな感じかな」

如月が助け船を出してくれたが、助けられた気がしない。

「如月さん、その違いが俺にはいまいちわかりません」

和喜田はクスクス笑いながら言う。

「わかんない？　和喜田くんもまだまだ甘いね。倉っちはね、磨けば光るんじゃなくて、いいもん隠し持ってんの。時々、パカッと開いて見えるんだけど、触ろうとすると閉じちゃう」

「如月さん、もういいです。ありがとうございます。おかわりをください」

褒めているつもりの如月と、意味がわからないという顔の和喜田を見ていると、余計に居たたまれなくなった。きっと和喜田は、いいもんなんてどこにある？　と言いたいのだろう。倉原だって訊いてみたいが、答えは期待できない。

「はーい、次は晴香の新作をどうぞー。さ、ググッと。そして忌憚《きたん》なきご意見を！」

晴香が差し出してきたショットグラスを満たす液体は真っ赤だった。ルビーの赤というよりは、血の赤。

「なんか……飲みづらい色だな。ベースはトマトジュース？」

「え、飲みづらいですか？　みんなトマトジュース好きでしょ？」

「みんなってことはないいんじゃないかな。まあ、トマトジュースを使ったカクテルはあるけど……」

匂いを嗅《か》いでみれば、なんだか酸っぱい匂いがして嫌な予感がした。

一口飲んで、眉が寄る。

「晴香さん……これ、本当に美味しいって思ったの？」

「えー、やっぱりダメですか？」

「だから言っただろ。俺がダメだって言ったらダメなんだよ」

「でもでもぉ……和喜田さんも飲んでみてください」

和喜田を連れてきたのは、如月にダメ出しされても諦めきれず、味方を得るための行動だったらしい。どうやら彼女的には自信作のようだ。

晴香の最後の頼みの綱である和喜田は一口飲んで顔を歪《ゆが》めグラスを突き返した。

「まずい。なんだこりゃ。カクテルじゃなくてトマトペーストだろう。しかも味が薄くて酸っぱ辛い。最悪」

歯に衣《きぬ》着せぬ辛辣《しんらつ》な感想は、しかしとても正確だった。

「和喜田さんの正直なところ、好きですけどね……」

晴香は頬を引きつらせて、グラスを引き取った。

「スープにしたら美味しいんじゃないかな……ほら、チーズとか入れて」

「優しいですよね、倉原さんって……。でもいいんです。私の味覚、おかしいんです。わかってるんです」

落ち込む晴香を見て倉原は慌てる。

「あ、でも、これは美味しかったよ。もう一杯もらおうかな、ブルーラグーン」

「ありがとうございます。作ります……」

晴香はグスッと鼻をすすりながら、他の二人をチラッと見た。如月も和喜田も、晴香がいじけてもまるで気にしていないようだった。

「晴香さんはバーテンダーがいいの？　フロント、向いてたと思うんだけど」

笑顔が可愛くて、少しおっちょこちょいだが、客の評判はよかった。

「フロントもいいんですけど……」

チラッと如月を見て、「バーテンダーの制服が格好良かったから」と小さな声で言った。いつもはきはき物を言う晴香らしくない様子に、それ以外の理由を推測する。

「ホテルのバーなんて、正統派のカクテルが作れてなんぼだ。創作カクテルがやりたいなら、他のところに行った方がいい」

如月は察しているのかいないのか、そんなことを言う。だが言っていることは正しい。ここに来るのは舌の肥えた客が多いので、カクテルの味にかなりうるさい。月に一つ二つはオリジナルカクテルをメニューに加えるが、それはあくまでも話題作り程度のもの。どこにでもあるカクテルをきちんと作れることが一番大事だ。

「いえ、私頑張ります。基本はもちろん完璧に。バーテンダーの頂点を目指します！」

晴香はシェーカーを握りしめて顔を上げると、力強く言った。

「なんか、どっか似てるなあ、晴香と倉っちは」

「え?」

倉原と晴香の声がハモる。

「すぐ落ち込むけど、めげないところ。倉っちもコンシェルジュの頂点目指すんだろ?」

「頂点っていうか……最高のコンシェルジュになりたい、とは思っています」

「頑張りましょうね、倉原さん!」

晴香に握手を求められて、握り返した。その様子を横から見ていた和喜田は、わかりやすく鼻で笑った。

「おまえは本当、感じ悪いな」

「俺は客じゃない男とガキには気を使わない主義だ」

「ガキって私のことですか⁉ 私もう二十三歳なんですけど!」

晴香は猛然と突っかかるが、和喜田はまったく動じない。

「バーテンダーの頂点目指すんなら、ぎゃーぎゃー騒ぐな。大人の余裕を見せてみろ」

もっともなことを言われて、晴香は口をへの字に曲げて引き下がった。

「おまえは二重人格か」

倉原は和喜田を横目に見て呆れたように言った。

「普通だろ。おまえだって、俺に対する時と客に対する時じゃ人格が違うぞ」

「それは、まあ……。でも俺はおまえほど極端じゃないし、おまえのことは嫌いだから」

嫌えと言ったのは和喜田だが、面と向かって人に嫌いだと言うのはあまりいい気持ちではない。

「なるほど。俺は特別ってことか、光栄だな」

「特別？　まあ特別は特別だけど、下の方の特別なんだからな！」

「ムキになるなよ。嫌い嫌いも……って、俺に気があるのかって思っちゃうだろ？」

「はあ？　なに言ってんだ。誰でもおまえに気があるなんて思ったら大間違いだ。ていうか、おまえは男にもそんなことを言うのか⁉」

「俺は男にももてる」

「堂々と言ってんじゃねーよ……」

少しも悪びれぬ和喜田には呆れるしかなかった。そこで如月がプッと噴き出す。

「いいねいいね。なんだ、おまえら。仲良しなんじゃないか」

「仲良しじゃありません！」

倉原は強く言い返したが、和喜田は笑って流した。その方が余裕のある感じがする。

無駄に敗北感を覚え、和喜田を睨んだ。

「そんな可愛い顔で見るなよ」

「はああ⁉　おまえマジむかつく……」

ここで怒っては思うつぼなのだろう。可愛いなんて、怒らせるため以外に言う理由が思いつかない。ストレスを溜めさせてなにかよからぬことでも企んでいるんじゃないのか、などと馬鹿なことを考えてしまう。

「いやあ、倉っちが生き生きしてていいねえ」

如月はまるで見当違いなことを言い、和喜田はなぜか楽しそうだ。

「おや、倉原くんじゃないか?」

ムッとしていると、入ってきた客に声を掛けられ、倉原は反射的に立ち上がった。

「井ノ本《いのもと》様。いつもご利用ありがとうございます」

表情をがらりと変えれば、横で和喜田が鼻で笑った。

「今日はちょっと来るのが遅くなってね。きみに会えなかったと残念に思っていたんだよ。こんなところで会えるなんて。……今はプライベートなのかな?」

細身の紳士はそう言うと、隣に座る和喜田にチラッと目を向けた。

「そう言っていただけて光栄です。今は同僚と新しいカクテルの試飲をしていました。勤務時間外ですが、半分仕事のようなものです」

同僚だと言ったのに、和喜田は井ノ本に会釈のひとつもしない。

勤務時間外は客にも気を遣わなくなるのか。

「そう。私は彼女に約束をキャンセルされてしまってね。ひとり寂しく飲みに来たんだ。プライベートなら少し付き合ってもらえないかと思ったんだが……。勤務でもないのにこんなおじさんの相手はしたくないよね」

　おじさんといっても井ノ本は四十代半ばで、ファッション関係の仕事をしていることもあってお洒落《しゃれ》で若々しかった。連れている女性も来るたびに違う。独身を謳歌《おうか》している遊び人だ。

「え？　あ、そうですね……ここでなら少しお付き合いしても……」

　公平を期するためにも、客とはできるだけプライベートな付き合いはしないようにしているのだが、たまたま居合わせて飲むくらいならいいだろう。

「そうかい⁉　いやあ嬉しいなあ、倉原くんと飲めるなんて。キャンセルされてすごく落ち込んでいたんだけど、よかったよかった」

　嬉しそうな顔を見ればこちらも嬉しくなる。

　井ノ本はごく自然に倉原の肩を抱き、窓側の席へと促《うなが》した。特に抗《あらが》うこともなく歩き出すと、和喜田が今頃になって立ち上がった。

「井ノ本様、ドアマンをしておりました和喜田です。私も今夜は寂しい身でして、ご一緒させていただいてもよろしいですか？」

　いきなりそんなことを言い出すから驚いた。今までまるで知らない人みたいな顔をしていたくせに、なぜ急に参加する気になったのか。

「おお、きみか！　いやあ、制服じゃなくてもやっぱり男前だねえ。こんな色男を放っておくなんて、世の女性たちはなにをしているのかな」

「いえいえ、井ノ本様がお独りなら、私が独りでもまったくおかしくはありませんよ」

もて男同士が謙遜《けんそん》し合う会話は、もてない男にはただの嫌味にしか聞こえなかった。細身で優男《やさおとこ》の井ノ本と、がたいがよくて男前の和喜田とではまったくタイプが違うが、女に不自由したことがないという点だけはたぶん共通している。

「よし、じゃあ今夜は男ばかりで楽しくやろうじゃないか」

三人で夜景の美しい窓際の席に落ち着く。

変な面子《めんつ》だと思いながら、倉原は和喜田が加わってくれたことに内心ホッとしていた。

バーとはいえホテル内なのだから完全に気を抜いてしまうことはないと思うが、すでにアルコールが入っているという不安がある。そしてそれ以上に、コンシェルジュという立場でなら自然に話せても、倉原亨個人に立ち戻るとどうしていいのかわからなくなるという問題があった。そのため常連客からパーティーなどプライベートで誘われても、すべて丁重に断っている。どれかに行くと全部行かなくてはならなくなるから、というのが表向きの理由で、実際は個人としての人付き合いに自信がないのだ。

人付き合いのうまい和喜田なら、適当に話を盛り上げて、まずいことを言ったらフォローもしてくれるだろう。結局、なんだかんだと言いながら自分も和喜田を頼りにしているのだ。

しかし、その安心感がかえってよくなかったのかもしれない。

男三人の飲み会は思いがけず楽しかった。

もてる男は話もうまい。井ノ本の仕事の話、和喜田の海外を放浪していた話。ウイットに富んだ会話を倉原は単純に楽しんでいた。面白い話題を提供できない自分に劣等感を抱く暇もなく、右に左にと視線を向け、うんうんとうなずきながら興味深く耳を傾けた。

「いいなあ、俺も海外行きたいし、バイクも乗りたい。普通の道でいいけど」

和喜田がバイクで砂漠のラリーに出た話に驚嘆《きょうたん》し、感動し、倉原はいつもは口に出さない自分の願望を口にした。

「いろんな国の言葉を話せるんだから行けばいいだろ、海外。なんで行かないんだ？」

「それは……臆病《おくびょう》なんだ。いろんなホテルを泊り歩きたいんだけど……」

行けばいいと自分でも思う。費用的な問題も最近はクリアされたので、あとは思い切るだけだ。自分が臆病だなんて誰にも言ったことはなかったのに、よりによって和喜田に言ってしまうなんて、酔っているからに違いなかった。

「倉原くんはどこまでも仕事一番なんだね」

「はい、好きなんです……ホテル」

倉原は井ノ本を見て、にっこり笑った。ふわふわと気分がいい。

「おまえ……飲んでる時は自然に笑うんだな」

そんな倉原を見て和喜田が言った。

「そうか？　いつもは自然じゃない？　やっぱり胡散くさい？」

アルコールは気持ちの振り幅を大きくする。和喜田の一言に、未だに自分の笑顔は不自然なのかと一気に気持ちが沈んだ。

「そうじゃない。ただいつもは硬い筋肉が、緩んでるっていうか、気持ちがストレートに表に出てるっていうか……」

和喜田はなにか言いたげな顔で倉原を見つめる。倉原はその顔を見ながら、男くさい顔だなあ、などと関係ないことを思っていた。

「そうだね。今の力が抜けてる感じもいいけど、僕は普段のピシッとした倉原くんも好きだよ。お仕事頑張ってますって感じがして」

頑張ってると認められると嬉しくなる。井ノ本はきっと自分も仕事を頑張っているから頑張っている人が好きなのだろう。

「ありがとうございます。俺も井ノ本さんが好きです。正直、俺……私は、井ノ本さんのお仕事のことはよくわかりません。でも、井ノ本さんが素敵な人だってことは知っています。だから、仕事を取ったらなにも残らないなんて、そんなことは絶対にないです。どうかご自分を追い詰めないでください」

倉原は井ノ本をじっと見つめ、思ったことをそのまま口にした。

井ノ本は自身のブランドや業界の今後の展望《てんぼう》などを明るく楽しく語りながら、端々《はしばし》に不安を覗かせていた。それは将来への不安というより、自分の人間的魅力に対するもの。パリに移住したいと言った途端に彼女が冷たくなり、今日も約束を急にキャンセルされて、自分はその程度の男なのかと落ち込んでいた。

アルコールは顔の筋肉だけでなく、いろんなものを緩めるらしい。

元気づけたいと思っても、素面《しらふ》なら口に出せなかっただろう。自分なんかがそんなことを言ってもいいのか、踏み込み過ぎじゃないのか、気分を害してしまうんじゃないか――いろんなことを考えて躊躇《ちゅうちょ》しているうちに機を逸《いっ》してしまうのが常だった。言いたいことにブレーキをかけるのは、自分に自信がないからだ。

「倉原くん……ありがとう」

井ノ本は倉原を見つめて声を詰まらせた。

「すみません、生意気なことを言って」

「いや、嬉しいよ。今日はなんだかすごく可愛いなあ。倉原くんが女の子だったら、絶対パリに連れ去ってるね」

「お相手の方とよくお話なさってください。自分の仕事を捨ててパリで生活するなんて、とんでもなくハードルの高いことですから。たとえ愛する人とであっても……いや愛する人だから、悩んでいらっしゃるのかもしれません」

「そうだね……。僕を愛しているならどこにでもついてくるはず、なんて、僕はちょっと傲慢《ごうまん》だったね」

井ノ本がフッと笑って、倉原もニコニコと笑みを返した。役に立てたと思うと嬉しい。

「じゃあ、そろそろお開きにしますか」

二人の間に割って入るように和喜田が言った。井ノ本もうなずく。

「そうだね。彼女に電話したくなったよ。もし断られたら、倉原くん考えてみてくれないかな。コンシェルジュ修業にフランスはいいと思うよ？」

「そういうことを言っていると、本命にふられてしまいますよ？　女性は鋭《するど》いですから」

「そうだね……時々妖怪《ようかい》かと思うくらい鋭くて怖いよね……」

井ノ本は失礼なことを言ったが、否定はしなかった。女性は怖い。それは間違いない。

自分が誘ったのだから、と井ノ本に支払いをされてしまう。そういうわけにはいかないと辞退したのだが、あまり断りすぎても失礼になる。

「遅くまで付き合わせて悪かったね。でもとても有意義《ゆういぎ》な時間だったよ。ありがとう」

「いえ、こちらこそ楽しかったです。ごちそうさまでした」

倉原は頭を下げた。

「あなたが本気なら、女性はきっとついていきますよ。本気なら、ですが」

和喜田がニヤリと笑って言うと、井ノ本は苦笑した。

「痛いところを突くね、もて男は。ま、覚悟を決めるかな……」

「フランスで見つけるという手もありますよ？」

「捨てがたいね」

最後ももてる男同士の会話で締めくくられた。

二人で井ノ本を部屋まで送り届け、パタンとドアが締まった途端に、倉原は気が抜けてしまった。ふらっと廊下の壁に背を預ける。

「おいおい、大丈夫か？」

馬鹿にしたような口調だったが、和喜田は二の腕を掴んで支えてくれる。

「全然大丈夫だ。帰る」

自分ではしっかりと歩き出したつもりだったのだが、

「おいっ！」

前のめりに転びそうになって、和喜田に引き戻された。

「え？　あ、ごめん……あれ？」

「おまえ、弱いならセーブしろよ。けっこう飲んでたぞ」

「セーブしてたつもりだったんだけど……。おかしいな。お客様と飲んだの初めてで、ペースを読み違えたかな」

和喜田の腕が背中を回って脇の下を支え、倉原が反応する間もなく歩き出した。すぐに従業員用の通路へと引き込まれる。

「あれでもおまえなりに気を張ってたんだな。ゆるゆるに見えたけど」

薄暗い通路で手を離されて、倉原は壁を背にずるずるとその場にしゃがみ込んだ。和喜田はそれを呆れたように見下ろしている。

「俺、井ノ本さんになんか失礼なこと言ったか？」

倉原はうつむいたまま問いかけた。

「いや。ある意味いつもよりよかったかもしれない」

「それはダメ出しか？　いつもがダメだってことか？」

焦点《しょうてん》の定まらない目を和喜田へ向ける。

「からむなよ。んなこと言ってねえだろ」

「おまえはどうせこの仕事も腰掛《こしか》けなんだよな？　でも俺は真剣なんだ。いつも必死なんだ。大好きなんだ、このホテルが。だから失敗はしたくない。……なあ……おまえのやりたいことって、ここでも見つかりそうにないか？」

和喜田の海外放浪は、やりたいことを見つける旅でもあったらしい。海外はなにもかもが新鮮で楽しかったが、自分を熱くしてくれるものは見つけられずに帰ってきた——そう言った和喜田はどこか寂しそうで、苦しそうに見えた。それが心に引っかかっていた。

和喜田が隣に座ったので、倉原は膝に重い頭をのせ、そちらに顔を向けた。不躾《ぶしつけ》なまでにじっと見つめていると、和喜田は眉を寄せ溜息をついた。

「やりたいことが見つかるかはまだわからないが、そこそこ面白いとは思ってるよ」

「そうか……。見つかるといいな、おまえがやりたいと思えること。ここで見つかるといいんだけどなあ……」

わずかな可能性でも嬉しくなって、自然に笑みが浮かんだ。

やりたいことがあるのに向いていないのかも……、と悩むのはつらいが、やりたいことが見つからないのはきっともっとつらいだろう。

一緒に飲んで話しているうちに、和喜田が嫌いだという気持ちは薄れていた。わりといい奴なんじゃないか……とも思った。できればもっと知りたい。一緒に働きたい。自分の好きな場所を好きになってほしい。

「おまえ……二重、いや三重人格かよ」

ふわふわしている倉原を見て、和喜田が困惑したような顔で言った。

「ん?」

「おまえは俺が嫌いなんだろ?　辞めてほしいんじゃないのか?」

「あー、まあ確かに、俺はおまえが気に入らないけど、辞めてほしいわけじゃない。スタッフは優秀な方がお客様は助かる」

「ああ、お客様のために……な」

人を馬鹿にしたその口調は聞き慣れたものだったが、溜息が混じっていた。

「お客様のためで悪いかよ。そうやってすぐ人を馬鹿にするから嫌いなんだ。意地悪で性格も悪くて……。でも、ホテルマンとしても男としても、悔しいけど俺より優秀だ……。社交的で、たまに優しくて、頼りにもなる。でも俺は、このホテルが好きだって気持ちではおまえに負けてない自身があるから、ここでは絶対負けたくない。いつかおまえに、素晴らしいホテルマンだと言わせてみせる！　……だから、ここにいろよ」

思ったことがするすると口から滑り落ちた。言ってるうちに熱がこもって、和喜田の方へ身を寄せて挑むように顔を覗き込む。

「おまえな……。そりゃ宣戦《せんせん》布告《ふこく》っていうか、告白じゃねえの……？」

ボソボソとつぶやかれた声が聞き取れず、倉原は目を細めてもう一度言えと促した。

「……しょうがないから、もう少しここにいてやるよ」

「本当か？」

和喜田の上からの物言いにも、倉原の表情はパッと明るくなる。

「ああ。しばらくはここで楽しくやれそうな気がしてきた。ちょっとしたおもちゃを……いや、面白そうなことを見つけたから」

和喜田の楽しそうな表情が不遜《ふそん》なものであることに、素面だったら気づけたかもしれない。

「なに？　なんだ？　面白そうなことって」

倉原は邪気《じゃき》もなく訊き返す。

「それはまた今度、飲みながら教えてやるよ」

「絶対だぞ？　約束だからな。ほら、指切り」

小指を差し出せば、和喜田が驚いた顔をして、それからフッと笑った。その優しい表情が倉原の脳裏に焼き付く。

「はいはい指切りな。しかし……覚えてるかは謎だな」


目が覚めるとホテルの仮眠室のベッドに横になっていた。上着はハンガーに掛かっている。しかし自分で掛けた記憶はない。ここまで歩いてきた記憶もなくてゾッとする。アルコールの恐ろしさを身をもって知る。過去、酔って失敗するほど深酒をしたことはない。だから自分の限界も、酔ったらどうなるかも知らなかった。

客と同席だったというのに、なにを酔っぱらっているのか。

溜息をついて視線を巡らすと、テーブルに眼鏡とミネラルウォーターのペットボトルが置いてあるのを発見する。

ペットボトルなんて自分で置くはずがない。となれば、和喜田か……。

倉原は頭を抱える。眼鏡を外されて寝顔まで見られてしまった。敵の前に無防備な姿を晒《さら》し、世話までしてもらったなんて、なんという不覚《ふかく》――。悔しくて恥ずかしい。

でもきっと和喜田にとっては大したことじゃないだろう。酔っぱらいを介抱しただけ。酔っぱらいの世迷《よま》い言《ごと》を聞いただけ。そう思っていると、思いたい。

おぼろげな記憶であるが、自分がなにを言ったのかは覚えている。ここにいろ、なんてことを言った。いてやる、と言われて喜んだ。最悪だ……。

うちひしがれて仮眠室を出る。

時計を見れば午前六時。通路に人の姿はなかった。どうか誰にも会わずに外に出られますように……特に和喜田には会わずに出られますように、と念じながら早足で歩く。頭は二日酔いでガンガンするが、かまってなどいられない。

外に出ると朝焼けの美しさが目に染みた。

コンシェルジュになりたての頃には、毎日のように失敗してうちひしがれた気分で帰ったが、それとはまた少し違う気分だった。

しばらく和喜田と顔を合わせたくないが、礼は言わなくてはならない。またきっと馬鹿にされるのだろうと思うと気が重かった。

「禁酒だな」

カクテル色の空を見上げて、痛むこめかみを押さえながらつぶやいた。

髪をきっちりまとめた倉原は、吐く息の確認を入念《にゅうねん》に行った。酒くさいコンシェルジュなんてありえない。

昨日は休みだったので、一日寝てすごした。二日酔いと自己嫌悪に打ちのめされてぐだぐだしていたが、朝には復活し、背筋を伸ばして家を出る。

倉原の住まいは、三階建てのアパートの三階の角部屋だ。ホテルが都心の一等地にあるので、徒歩圏内《けんない》に住んでいるというと、いいところに住んでいると思われがちだが、駅まで遠いし、建物も老朽化《ろうきゅうか》しているので家賃はかなり安かった。ホテルマンの給料というのは総じて安い。

1LDKの住まいは快適とはいえないが、特に不満もなかった。

中学生までは団地住まいだったし、元々自分のことにはあまり頓着しない性格だ。

三人兄弟の二番目で、上も下も明朗で人に好かれるタイプだったため、おとなしい次男に親が特別な期待をすることはなかった。放任というか、放置というか、それでも大きく道を踏み外すことはなく、ただただ地味に真面目に生きてきた。自分が面白みのない人間だということは、言われるまでもなく承知している。

人の世話を焼きたいのは、人に注目されたい気持ちの裏返しなのかもしれない。人が好きだけど、人にかまわれるのはあまり好きではなく、好かれる自信はない。けど嫌われたくはなかった。だから和喜田の反応が少し怖い。

嫌われても今さらなのだが、酔いのせいか距離が近づいたように感じた。それにとてもいい笑顔を見たような気がするのだ。女性ならイチコロだろうな、という優しい顔。しかし、その顔が自分に向けられていたことを考えると、あれは夢だったのかもしれない。和喜田の笑顔なんて、意地悪なのか馬鹿にしているのしか覚えがない。

言わなくていいことをペラペラと喋って、醜態《しゅうたい》もさらして……。

溜息をついて更衣室に入る。ロッカーに向かって歩き出して、ビクッと足が止まった。

「お、おおおはよう、和喜田」

いきなり当人と遭遇《そうぐう》してしまい、盛大にどもってしまった。カーッと真っ赤になる。

途端に和喜田が噴き出した。今のは笑われてもしょうがない。

「迎え酒でもしたのか？」

「そ、そんなわけないだろ。酒はもう完全に抜けている。おまえには……いろいろ迷惑をかけて、悪かった」

とにかく謝っておくべきだろうと倉原は頭を下げた。

「ふーん、記憶は残っているわけだ？」

和喜田はワイシャツとスラックスという格好で、首に掛けたネクタイを弄《もてあそ》びながらニヤニヤと倉原を見る。

「えっと……従業員通路に入ったあたりまでは。仮眠室まで運んでくれた、とか？」

「いや、肩は貸したが一応自分で歩いてたぞ。仮眠室に入ってからは、上着を脱がせて、お姫様みたいに抱き上げてベッドに寝かせてやったけどな」

「お、お、おひっ!!」

思わず声が裏返ってしまった。お姫様のようにというと、つまり横抱きにされたということか。男に！　いや、女にされる方が問題だが……いや男がされるのが問題か。

思考までしどろもどろになり、恥ずかしさで顔から火を噴きそうだった。

和喜田はまた噴き出した。

「おひっ!?　って、なんだよ。おま……ちょっ……」

ツボにはまったらしく、笑いの発作《ほっさ》は収まる気配がない。

倉原は無視して着替えることにしたが居たたまれなかった。てきぱきと着替えて、あとは上着をはおるだけとなった頃にようやく和喜田の笑いは収まった。

「あー、久しぶりにすげー笑った。やべ……これしばらく笑える」

デリカシーだとか気遣いだとかいうものは、客でも女でもない自分が期待するべきではないのだろう。

「一応礼は言っておく。それと……なにか井ノ本様に失礼はなかっただろうか？」

それだけは確認しておきたかった。記憶にはないが、井ノ本になにかしていたら問題だ。

「失礼ねえ。失礼っていうか、ちょっと問題はあったかもな」

「え？　な、なにをしたんだ？」

なにもなかったというお墨付《すみつ》きが欲しかっただけなので、焦る。

「なにをしたというか……。まあ、彼女がパリについていってくれることを祈るんだな」

「それはもちろん祈るけど。どういう意味だよ？　なにかしたならすぐに電話して謝るから、教えてくれ」

「謝るようなことはしてない。電話とかしたら余計面倒なことになるからやめとけ」

「……その方がいいと思うか？」

「思う」

「わかった。じゃあ……そうする」

なんだかモヤモヤするが、和喜田がそれでいいというならいいのだろう。引き下がった倉原を見て、なぜか和喜田は訝《いぶか》しげな顔になった。

「おまえ、やっぱまだ酒が残ってんじゃないのか？」

「な、なんでそう思うんだ？」

自分の口に手を当てて匂いを嗅いでみるが、自分では酒の匂いなど感じなかった。

「いやに素直だから」

「は？　お、俺は基本的には素直なんだよ。おまえにはなんか突っかかってしまうけど、それはその……」

「俺に負けたくないから？」

「そ、その辺りの発言は……酔っぱらいの戯《ざ》れ言《ごと》だと忘れてくれると助かる」

「忘れるなんてもったいない。せっかくの熱い告白」

「こ、告白!?」

「ここにいてくれ……なんて縋《すが》られちゃったしなあ」

「す、す、縋ってなんかない！」

しかし、そういう感じのことは言った気がする。自分で蒔《ま》いた種だから、からかいのネタにされるのはしょうがない。やっぱり禁酒だと心に決めた。

「まあせいぜい頑張れよ。しばらくここにいてやるから。俺のライバルくん」

近づいてきた和喜田に肩を抱かれ、眼鏡のテンプルにキスするように囁かれた。

吐息が目元に触れて、心拍数が急上昇する。真っ赤になって慌てて和喜田のそばから逃げ出した。

「が、頑張るさ！　おまえなんか、俺の足下にひれ伏させてやるっ！」

倉原はあからさまな挑発にのって、捨て台詞《せりふ》を叩きつけた。怒った顔で更衣室を出れば、ドアが閉まる前に和喜田の楽しそうな笑い声が聞こえてきた。

前よりも質《たち》悪くからかわれるようになってしまった。むかつく。きっと天敵なのだ。前世は蟻とキリギリスだったのかもしれない。

いつか絶対言わせてやる。おまえは素晴らしいコンシェルジュだ、と――。

反発を糧《かて》に上を目指すのは、倉原にとって初めてのことかもしれなかった。


夕方のホテルのエントランスには雑多な人々がいる。チェックインする人、食事の待ち合わせ、物見遊山《ものみゆさん》の観光客。毎日そういう人の顔を見ていれば、目的もなんとなくわかるようになる。

よほど困った顔をしているとか、具合が悪そうとか、特に声を掛ける必要を感じない限りはコンシェルジュ側から声を掛けることはない。

「あ、あの……このホテルの入り口っていったら、あそこですよね？」

エントランスの片隅に立っていた若い女性が、思い切ったように声を掛けてきた。不安そうな顔が気になっていたのだが、しきりに携帯電話を確認していたので、待ち合わせの相手が遅れているのだろうと思っていた。

「地下にも駐車場からの入り口はございますが、基本的にホテルの玄関といえばあのドアです。お待ち合わせですか？」

「ええ。私も十分くらい遅れて来たんだけど、約束の時間をもう一時間近く過ぎてるの」

「それは心配ですね。お電話は？」

「繋がらなくて……バッテリーが切れてるのかも。あいつそういうとこ抜けてるから」

「本日は宿泊のご予定ですか？」

「ええ」

「それならお部屋で待たれてはいかがでしょう。お連れ様がおみえになりましたら、私からお伝えいたします」

「いいの。あと十分待って来なかったら帰るから。こないだ喧嘩《けんか》したから来ないつもりかもしれない。私も本当は来るのやめようかと思ったんだけど……」

思い直して来てみたら、彼氏の方が来ない。まだ怒っていて来ないだけか、もう心変わりしてしまったのか、それともなにか事故にでも遭《あ》ったのか。苛立ちと不安に苛《さいな》まれているに違いない。彼女はまだ相手のことが好きなのだろう。

「よろしければ、ご予約名を教えていただけますか？」

「え、ああ……田沢《たざわ》です。田沢幸司《こうじ》で予約してあると思うんだけど」

「田沢様ですね。……はい、1319号室をお取りしております。キャンセルはされておりませんし、きっとなにか事情がおありなのでしょう。どうぞお掛けください」

倉原はコンシェルジュデスクの横にあるチェアを女性に勧めた。女性はそこに座ったが、落ち着かない様子だった。

倉原が見た顧客情報には、ダブルの部屋を一泊とフレンチレストランのディナーの予約、そしてバースデーケーキの手配が記されていた。彼氏が予約したのだから、当然誕生日なのは彼女で、だから多少怒っていても来てみたのだろう。

すっぽかされたのではないことを願いたい。

倉原はラウンジに紅茶を持ってくるよう頼んだ。少しは心が落ち着くだろうし、飲んでいる間は待とうという気にもなるだろう。

「あ、ありがとうございます。すみません……」

すぐに届いた紅茶に、彼女は恐縮しながら口づける。ベルガモットの香りがふわりと漂った。

「美味しい。さすが高級ホテルですね。私、こういうところは縁がないので、落ち着かなくて……」

「そうですね、私もプライベートでは縁がありません。彼女を誘うなんてとてもできません」

にこやかにそんな話をして五分ほど過ぎた頃、フロントから電話が回ってきた。田沢という客から電話がかかってきたら回してくれるよう頼んでおいたのだ。

携帯電話のバッテリー切れなら、彼女の電話番号もわからない可能性が高い。ホテルの番号なら電話帳で調べることができる。

「前野《まえの》様、田沢様からお電話です」

倉原は彼女に受話器を渡した。彼女は一瞬ホッとした顔をしたが、

「もしもし？」

電話に出た時には表情は険しく声も尖《とが》っていた。どうやら相手は平謝りしているようだが、彼女は「あと五分で来なかったら帰る」と主張する。押《お》し問答《もんどう》している様子からして、五分では無理な場所にいるようだ。

「平岩口《ひらいわぐち》って、ここからどれくらいのところですか？」

「平岩口……。そうですね、車でなら二十分くらいでしょうか。スムーズに来られた場合、ですが」

「二十分!?　なんか、携帯はバッテリー切れで、車が故障したとか言ってるの。修理を呼んでるけど来ないんだって……本当かどうかわからないけど」

彼女もどうするべきか考えあぐねているようだ。しかし、再開された彼との会話で彼女

はヒートアップして、ついに「もういいわよ！　私帰る！」と叫んで電話を切ってしまった。どうやら男は逆鱗《げきりん》に触れてしまったらしい。

「むかつく。人のことをわがままって……いったい何分待ったと思ってるのよ」

受話器を倉原に戻し、立ち上がった。

「前野様、もう少しだけ待ってみませんか？」

「もういいの。あんな男……」

「本当によろしいのですか？　もう少しだけ彼のために時間を割いてあげることはできませんか？」

「やっぱり男の人は男の味方なのかしら。あなたと違ってあいつはひどい男なのよ。女は待って当然だと思ってるの」

「そういう方はきっと電話してきません。彼は必死なのだと思います。もう少しだけ……私からのお願いです」

物別れに終わるにしても、せめて会ってからにしてほしかった。バースデーケーキは仲直りの威力を持っていると信じたい。

「でも……」

「前野様はシンデレラのお話をご存知ですか？」

唐突に問いかけると、彼女はきょとんとした顔で「はい」と答えた。

「ああいうお話は必ず最初につらい目に遭うでしょう？　素敵なことが起こる前には嫌なことが起こるようになっているのです。そこで投げたり諦めたりしたら、お話はそこで終わってしまいます。王子は登場できない。もう少し、待ってみましょう」

「王子って……あいつはそんないいもんじゃないわよ。でも、あなたがそこまで言うならもう少しだけ待ってみるわ」

「ありがとうございます」

紅茶のおかわりをラウンジに頼み、田沢から電話がかかってきたら自分に回すようフロントに頼む。かかってくるかはわからない。もしかしたら彼氏は諦めてしまったかもしれない。そうなると自分は彼女に期待を持たせて、ひどいことをしたことになる。

車を放置してタクシーに乗っても、二十分は最低でもかかるだろう。車の故障はその場で直るようなものなのか。いつまで彼女を引き留めるべきか、判断材料は少なかった。

コンシェルジュの仕事にマニュアルなんてない。ひとつずつ、ひとりずつ、最善を尽くすだけ。

「倉原さんっ」

フロントのスタッフに手招きされる。その手には受話器があった。近づくと田沢からだと耳打ちされ、ホッとしながら電話に出る。

「お電話代わりました。私、コンシェルジュの倉原と申します」

『コンシェルジュ、さん？　あの、前野という女性はもういないですか⁉』

「前野様にはもう少しだけお待ちいただくようにお願いいたしました」

『本当ですか⁉　あー、よかった。ありがとうございます。あなたにこんなお願いしていいのかわからないけど、なんとか俺が行くまで彼女を引き留めておいてもらえませんか？車が通行の邪魔になるところで停まっちゃったから、放置していくわけにはいかなくて。修理屋を待ってるんだけど、道が渋滞してるみたいでなかなか来ないし。どうしようもないのに五分で来いとか無茶言うし……』

　懇願から愚痴《ぐち》のような口調に変わる。これが彼女の気に障ったのだろう。

　このままだとあと最低でも一時間はかかる。そんなに彼女を引き留めておけるだろうか。引き留めておけたとしても、機嫌は最悪になっているに違いない。

「極力お引き留めはいたしますが……。そこは平岩口のどちらですか？」

『コンビニです。ここ、湾岸の一本道でなにもなくて……車が停まっちゃったところから、三百メートルくらい離れてるんだけど』

　倉原は地図を見ながら、コンビニと車の位置を正確に把握する。

「こちらから人を向かわせます。修理の方が早いようでしたら、こちらを気にせず出発してください。もし修理に時間がかかるようなら、後のことはこちらの者にお任せください」

『それはありがたいけど……ホテルってそんなことまでしてくれるの？』

「はい、もちろんです。では、お車のところでお待ちください。少しでも早いお越しを前野様と共にお待ちしております」

倉原は電話を切ってすぐに動く。車の運転ができるスタッフで、手の空いているものを二人募る。夜八時という時間はわりと忙しいのだが、事情を聞くとすぐに数人が申し出てくれた。自分の仕事は終わって帰ろうとしていた者が多い。

だから倉原はこのホテルのスタッフが好きだ。客の笑顔のためなら自分の時間を削ることも厭《いと》わない。

「俺が行く。バイクなら速い。男は後ろに乗せない主義だが、まあいいだろう」

そう言ったのは和喜田だった。

「和喜田くんの後ろなら、私乗っていく！」

女性が数名名乗り出たが、客の車を運転することになるかもしれないので、運転に長《た》けているドアマンの男性に一緒に行ってもらうように頼んだ。

「気をつけてな。よろしく頼む」

「任せろ。砂漠のラリーも完走した腕だ。裏道も把握してる」

和喜田はニッと笑って、身を翻《ひるがえ》して出て行った。悔しいけど格好いい。

しかし正直、倉原には和喜田の行動が意外だった。和喜田は客前では完璧だが、客のために自分のプライベートを削るなんてことはしない奴だと思っていた。倉原が客のためと言うたびに馬鹿にするくらいなのだから。

自分が和喜田を見損なっていただけなのか。それとも、いいところを見せたい人が近くにいたのだろうか。

理由はなんであれ、バイクで行ってくれるのは助かる。車より確実に速い。

すでに倉原も業務終了の時間だったが、彼女の気を紛らすために話相手を続けた。ぬか喜びはさせたくなくて、バイクで迎えに行ったことは話していない。思いがけず早く現れた、という方が喜びは大きいだろう。

「私のことは気にしないで、倉原さんはどうぞご自分のお仕事をしてください。しょうがないから一時間は待ってみます。どうせ他に予定なんてないんだし」

「お気遣い、ありがとうございます。でも、実はもう仕事は終わりなんです。私が個人的に待ちたいだけなので、お邪魔でなかったら一緒に待たせてください」

「それはまあ……私はありがたいですけど。宿泊客ひとりひとりにそんな気遣いしてたら大変じゃないですか？」

「全然、大変ではありませんよ。毎日楽しいです」

にっこり笑えば、彼女は意外そうな顔をした。

「そうなんですか？　倉原さんってギャップ激しいって言われません？　最初、すごくきちっとした気難しい人なのかと思いました」

「よく言われます。雰囲気を柔らかくするよう気をつけているつもりなのですが、どうも考え事をしていると顔が怖いみたいで」

「いや、高級ホテルだからみんなそういう人だろうって思い込みが私にあったのかも。ほら、高級ブティックとかの店員って、地位もお金も持っている人しか受け付けません、みたいな感じするじゃないですか」

「ええ、わかります。私も苦手です。入るのに勇気がいりますよね。なるほど、あんな感じですか……」

どうやら感覚が似ているようだ。クスクスと笑い合って、倉原は口を開いた。

「虎《とら》の威《い》を借《か》る狐《きつね》になってはいけませんが、虎の威に負ける狐でもいけませんので、そこは難しいです。私はまだまだ至らなくて……修業中なんですよ」

「お仕事、好きなんですね」

「ええ、大好きです」

それだけは自信を持って答える。

「倉原さんって……なんか可愛いですね」

「え!?　いえいえ、それはこちらの台詞です」

女性の可愛いという言葉に深い意味はないと思っているけど、面と向かって言われると照れてしまう。

和やかに会話しながらも、彼女の視線はずっと正面玄関に向けられていた。

ドアが開き、焦った様子の男性が走り込んできた。スーツは変なふうに着崩れていて、着慣れていない感じがにじみ出ている。その向こうにバイクにまたがった和喜田の姿がチラッと見えた。

「早っ」

彼女の口から零れた第一声はそれだった。確かに早い。時計を見れば、和喜田が出てからまだ三十分。倉原は内心、おいおい……と思う。どれだけ飛ばしたのか。

「ご、ごめん、涼子《りょうこ》！」

真っ直ぐに駆けてきた男は、彼女の前で平謝りする。

「まあ……しょうがないけど。車はどうしたの？」

和喜田のバイクの方が早く到着したので、故障車のことはスタッフに頼み、自分はバイクの後ろに乗ってきたのだ、ということを彼氏は彼女に説明した。

「え、それって……ホテルってそんなことまでしてくれるの？」

彼女は驚いた顔で倉原を見る。彼氏と同じ言葉に少し笑ってしまった。

「ホテルでの時間を楽しんでいただけるようにするのが、ホテルマンの仕事ですから。お二人が楽しんでくだされば、みんな喜びます」

倉原は微笑みながら言った。

「ありがとう。素敵なホテルですね」

「そう言っていただけるのがなにより嬉しいです。こちらこそありがとうございます。ではチェックインを。お荷物はこちらに……」

待たされた不満を彼女が口にすることはなかった。仲よく去っていく後ろ姿を見送った倉原は、レストランに連絡を入れる。予約席の場所を訊き、できるなら窓際のあまり人目のない席に移動してもらえないかと頼んでみる。

彼女曰《いわ》く「彼は貧乏」だそうなので、彼女の誕生日を祝うためだけにこのホテルはちょっと高すぎる。あの気合いの入りようは、プロポーズをするつもりに違いない。

今ちょうど空いたからと、快く移動してもらえた。

和喜田と一緒に行ったドアマンに連絡を入れると、車の修理を終え、これから帰るとの返事をもらった。協力してくれたスタッフみんなに礼を言って、倉原も引き揚げる。

一番の功労者である和喜田にも礼を言わなくては……と思っていると、従業員通路でばったり和喜田に遭遇した。スーツ姿でヘルメットを小脇に抱え、もうひとつを手に持っている。ちぐはぐな姿なのは、着替えもせずに行ってくれたからだ。

「お疲れさま。助かったよ、ありがとう」

素直に感謝の言葉が口を突いて出た。

「客のことだと素直だし笑うよな」

「は？」

「いや。まあ、男とタンデムは不本意だったが、怖がってしがみついてくるのはなかなか楽しかったよ。今度おまえも乗るか？」

「安全運転ならな」

「俺は基本的に安全運転だ。スピードは多少出るけど」

それは安全運転とは言わないと小言を言いそうになったが、頑張ってくれたのに水を差すこともないと呑み込んだ。

「これで二人がうまく仲直りできるといいんだけど……」

「迎えに行った時にはあの男、この世の終わりみたいな顔してたぞ。注文してた指輪を取りに行った帰りに車が壊れて、彼女はぶち切れて。今日プロポーズしても絶対うまくいかないっていじけてた。おまえ、どうやって彼女のご機嫌を取ったんだ？」

「別に、喋ってただけだ。波長の合う女性で助かったよ。でもやっぱりプロポーズするつもりだったのか。レストランの席を一番ロマンチックな席に変えてもらったんだけど、成功するかな？」

「あれなら大丈夫だろ」

「わかるのか？」

「わかる。男を見た時の女の目を見れば」

「へえ……さすがだな。女ったらしは伊達《だて》じゃないってことか」

「俺はもてるが、女ったらしではない」

「そういえばおまえ、どこから見てたんだ？　外から見えたのか？」

「おい、俺は女たらしじゃ……まあいい。外からガラス越しにもばっちり見えたぞ。おまえの嬉しそうな顔までちゃんと」

「お、俺の顔とかはいいんだよ」

急に話が自分のことになって、遠く人の幸せを見ていた視線が現実に引き戻される。自分を見ていたと言われて、胸の辺りがモゾモゾするような変な気分になった。

なんだか落ち着かなくて、離れたかったが、二人とも行く先は更衣室で、仕方なく一緒に歩く。更衣室に入ると、和喜田はベンチシートにヘルメットを置いて座り、倉原は自分のロッカーを開けて着替えはじめた。

「なあ倉原、晩飯付き合えよ」

「は？　……俺？」

「そう。おまえ」

その顔は別にからかっているふうでもないが、倉原は身構える。

「なんで俺だよ。他に誘う奴なんていくらでもいるだろ。男でも女でも」

「えー、協力してやったのに冷たすぎるんじゃねぇの？」

「協力って、お客様のためなんだから、ホテルマンとして当然のことだ」

「当然かねえ。少なくとも俺は、おまえの頼みだから動いてやったんだけど？」

「嘘つけ……」

そんな言葉を信じる気はない。客のために動いたと認めるのがそんなに照れくさいのだろうか。おかしな男だ。

「また飲もうって約束しただろ？」

そう言って和喜田が小指を絡ませてきた。ビクッと驚いて思いっきり払ってしまったが、そんなことをしたような記憶はある。約束した……かもしれない。が、

「覚えてない」

ということにする。

「ひでえ。でも俺は覚えてるぜ。お姫様抱っこは重かったけど、寝顔はわりと……」

「頼むから忘れてくれ」

みなまで言わせず、お願いする。そんなことはこちらが忘れかけていた。眼鏡なしの顔を見られてしまったのだと思い出し、もう外されるものかとブリッジを強く押さえて顔にくっつける。

「忘れてやってもいいけど……おまえ次第だな」

「一緒に飯を食ったら忘れてくれるっていうのか？」

おかしなことを言う。いったいなにが目的なのか。

「おまえさ、前に野菜料理が美味い店を探してたよな？」

「え？　あ、ああ」

唐突に話を変えられて、困惑しつつうなずく。一ヶ月ほど前、ベジタリアンの客にいい店を知らないかと訊ねられたのだが、客も知っているところしか答えられず、がっかりさせてしまったことがあった。その時に通りかかった和喜田にも訊いたのだ、どこか知らないか、と。その時は知らないという答えだった。

「あの後、友達にいい店があったら教えてくれと頼んでおいた。そしたらいろいろ教えてもらえたんだけど……」

「本当か？　それはすごく助かる」

倉原の数少ない友達は、インターネットにない情報はない、と思っているようなタイプがほとんどだった。しかし実際は、街に出て歩いてみなければ掴めない情報がたくさんある。そして、そういう情報の方が倉原には貴重だった。

「ヘルシー指向の女性が好きそうな店、とかどうだ？　まだオープンしたてで知る人ぞ知るって感じらしいんだが」

「いいな。どこにあるんだ？」

さっきまでの逃げ腰はどこへやら、前のめりに訊ね、ハンガーに掛けていた上着の胸ポケットから手帳を取り出した。ゲストの好みや話していたこと、ホテル内や周辺で変わったことなど、細かな情報を自分なりに書き留めている。

「そこに今から行こうと思うんだが」

知りたいならついてこいということか。そうまでして自分と食事に行きたいなんて、和喜田がなにを考えているのかさっぱりわからない。

しかし、行かないとは言えなかった。情報はコンシェルジュの命綱だ。客に「なんだ、知らないの？」という顔を向けられるのは、矜持《きょうじ》を著《いちじる》しく傷つけられる。客の助けにならないコンシェルジュなんて、なんの価値もない。

得意顔の和喜田が憎たらしかったが、己のプライドより情報が大事だった。

「嫌いな奴と飯食っても美味くないだろ？」

「俺のことを嫌えとは言ったが、おまえのことを嫌いだと言った覚えはない」

「そう……だっけ。でも普通、嫌いだから嫌え、じゃないのか？　それに、俺のこと目障りだって言ったぞ。必死なのが苛々するとかなんとか」

「まあ、確かに苛々するな。一生懸命頑張ってますって感じが」

「だったら俺にかまうなよ。苛々は消化に悪いぞ。でも店の名前は教えてくれ」

「どうせ確認しに行くんだろ？　一人より二人の方が料理はたくさん頼める」

「それは……。じゃあまあ、いいけど。あ、もしかしておまえ、実はお客様のために俺に協力してくれようとしてるんじゃ……」

「それはない。俺はおまえと違ってとことん利己的な人間だ。自分の得にならないことはしない」

「俺と飯を食っておまえになんの得があるんだよ?」

「それを教えてやるほど親切じゃない」

「おまえ本当、むかつく……」

ニッと笑った顔が格好いいのがまたむかつくのだ。

「じゃあ行くぞ。さっさと着替えろ」

そう言いながらも和喜田はのんびりと倉原の着替えを眺めている。

「おまえは着替えないのか?」

「俺はこのままでいい。バイクは置いていく」

「あ、そう……」

男の着替えなど見てなにが楽しいのか。じろじろ見るのも嫌がらせのひとつなのだろうかと、倉原は意地になって平然と着替えた。恥ずかしがったら負けだ。

しかし、そんな内心まで見透かされているように感じて、どうにも落ち着かなかった。

和喜田がいけ好かない奴というのは倉原の主観だ。客観的に見れば「できる男」で「恵まれた男」だろう。だが本人はそれをどこか突き放して見ているような感じがする。

和喜田が入社してきたのは、倉原がコンシェルジュになりたてで四苦八苦していた頃だった。ホテル業界は初めてだと聞いていたのに、その身のこなしは完璧で、客あしらいもうまく、失敗続きでうちひしがれていた倉原は、努めてその存在を意識しないようにしていた。そして気が進まないながらも声を掛けてみた結果、はっきりと嫌いになった。

和喜田は営業に移ってからも、広い人脈と巧《たく》みな交渉術で、企業の会議やパーティー、宿泊契約を飛躍的に増やした。低迷していたサクラノの救世主、なんて言う人もいた。

しかし和喜田は手柄を誇ったりはしない。淡々と自分の仕事をこなしているだけ。

人には困難なことを易々とやってのけるような奴だから、のめり込めることを見つけるのが難しいのだろう。できる男にはできる男なりの悩みがあるのだと知って、少し近づけたような気がしたのだが、わかり合える日は永遠に来ない気がする。

あまりにも違いすぎるのだ。

悠々と空を飛ぶ鷹《たか》と、せっせと地を這って働く蟻では、見るものも感じ方も違う。だから考え方も生き方も違って当然。近づくから苛々するのであって、離れていれば問題はない。なのに何故か和喜田は近づいてくる。いったい自分のなにに興味を持っているのか。

和喜田のような男はそうそういなくても、自分のような男はざらにいる。

和喜田の過去にもいたはずなのだが……。

なんにせよ迷惑だ。見下すように馬鹿にされると、腹立たしくて仕方ない。

「和喜田って、いじめっ子だっただろ？」

少し意地悪な気持ちで訊いてみる。

「はあ？　まあ、いじめられっ子ではなかったけど、人をいじめて楽しむほど低レベルな人間じゃなかったつもりだ。好きな子ほどいじめてしまう傾向は、若干あったような気もするけど」

そう言って和喜田はニヤッと笑った。好かれた子はきっと大迷惑だっただろう。

「そういう奴って、結局好きな子に嫌われちゃうんだよな」

言ってから思う。和喜田なら喜ばれるのかもしれない。顔のいい男はなにをやっても許される傾向にある。もちろん女子には、だが。

「嫌われるのもわりと楽しい。俺の執着はあまり長続きしないし、相手に好きって言われると途端に冷めたりもするから、ちょうどいいんじゃないか？」

「おまえ……最悪だな」

「まあな。でもそれは子供の頃の話だ。今はわりと誠実だし……いや、いじめるのは変わってないかな」

「直せよ」

「いじめないといろいろな表情を見せてくれない奴もいる」

「……まさかそれ、俺じゃないよな？」

いじめて楽しんでいるふうな言い方に引っかかったが、好きな子には該当しない。

「さあ、どうかな」

和喜田はミステリアスに微笑んでみせた。

「やっぱりおまえいじめっ子だろう。好きな子じゃなくてもいじめてただろ？」

「そんな無駄なことはしない」

はっきりと言い切られて困惑する。しかし、そこを深く掘り下げてもなにもいいことはない気がする。

戸惑っていると、和喜田が目の前に立った。

「おまえは素のままでいろ。でも、あまり頑張りすぎるな。俺は、客のために我が身を削って、命まで削っちまった人間を知っている。そんなことしても誰も喜ばない。人は自分のために生きるべきだ」

和喜田は倉原を見つめ、らしくもなく重い言葉を吐いた。いつもと違う真面目な表情だったが、その目はどこか遠くを見ているようにも感じる。

「助言はありがたいが、俺は俺のために頑張ってるんだ。お客様に喜ばれたい、笑った顔が見たいっていうのは、俺の欲だから。心配してもらわなくても、俺は自分のために生きてるよ」

人の役に立つことが自分の価値なのだ。逆に言えば、他にはなにもない。自分のために生きろと言われても、なにもないから困ってしまう。

「あ、そう。それならそれでいい。じゃあ、お客様のために。新規開拓に参りますか」

和喜田は神妙な表情を一転させ、ニヤッと笑って倉原の腰に腕を回した。実に自然な動きだったが、それは女性をエスコートする時のものだ。

「触るな。俺は女じゃない」

和喜田の身体を押しのける。

「ああ、失礼。なんか思わず。女扱いしてるわけじゃなくて……身長のせいかな」

「てめえ……近づくな、一メートル以上離れて歩け」

しっしっ、と払いのければ、和喜田が今度は肩を抱いてくる。

「んな冷たいこと言うなよ。同じホテルに働くものは家族のようなもの、だろ？」

和喜田が言ったのは創業者の言葉だ。しかしそれは本にしか書かれていない言葉だったので、和喜田が知っているのは意外だった。

「おまえみたいな弟はいらない」

「あれ？　俺の誕生日知ってる？」

「知らないが、俺は四月二日生まれだ。同学年ならたいがい下だ」

「なるほど。誕生日ゲット。ちなみに俺は五月五日のこどもの日。覚えやすいだろ？　覚えろよ、お兄ちゃん」

　引き寄せられては押し戻し、を繰り返しながら通路を歩く。

「俺にかまうな。迷惑なんだよ。俺はおまえに振り回されたくない」

「おまえは振り回されないだろ。なんだかんだで頑固だ。ふらふら迷ってるみたいで信念曲げないところ、そっくりだ」

「……誰に？」

「んー？　俺をこういう人間にした張本人」

「こういうって、どういう……。いや、そんなのいいや。とにかく俺は店を教えてもらえたらそれでいい」

　和喜田を突き放し、よれた襟元を直す。和喜田の過去が気にならないわけではないが、踏み込んではいけない気がした。知りすぎてはいけない。なぜかそう思う。

　従業員通用口のところまで来ると、和喜田はなにを思ったか、ドアノブに手をかけて、こちらをくるりと振り返った。

「ではご案内いたします。我らがコンシェルジュ様」

　恭しく扉を開き、三十度に腰を折る。一瞬、飾り気ない鉄の扉が、ホテルの瀟洒《しょうしゃ》な玄関扉に見えてハッとした。守衛がクスッと笑ったのが聞こえて我に返り、和喜田を蹴り出すようにして表に出た。

「なにやってんだよ。そんなにドアマンが好きなら復帰しろ」

「ドアマンも悪くないが、夏の暑さと冬の寒さがなあ」

「それは確かに大変そうだけど」

特に夏は、制服を着て立っているだけでつらそうだ。夏用の制服もクールビズなんてものとはほど遠い。それを寸分も崩さず着て、顔には涼しげな笑顔を浮かべる。

「ずっとあの帽子被ってたら、絶対禿《は》げるって」

思わず和喜田の頭頂部に目をやった。さすがに一年程度ではダメージはなさそうだ。

ドアマンは客の顔や車などを覚えて、そつのない対応をすることが求められるため、その道一筋というベテランが重宝される。彼らの頭頂部は確かに少し寂しい。

「まさかそれが異動の理由か？」

「それもある。でもまあ、ドアマンより営業の方が直接的に仕事を取ってこられるから。俺は人に奉仕するより、狩りに出る方が好きなんだよ」

「なるほど」

そう言われればそうだろうなと思える。和喜田に待ちや従属は似合わない。

都心には新しいホテルも増え、競争は激化する一方、不況で客は減っている。特に高価なラグジュアリーホテルは苦戦を強いられていた。

利用客が減っても、そう易々と宿泊料金を下げるわけにはいかない。しかし、寝るだけ

非常口
EXIT

の場所にそんな金額払えるかという庶民の意識を変えるのは困難だ。だからコンベンションやイベント、パーティーなどでの収入はかなり貴重で、だからそれをバンバン取ってくる和喜田が救世主と言われるのだ。

店までは歩いて十五分くらいだと聞いて歩くことにした。和喜田と十五分というのはちょっと気詰まりだが、歩いた方が確実に道を覚えられるし、道中に新たな発見があったりもする。天秤にかければ歩きが勝った。

和喜田も歩きは苦にならないようで、機嫌よさそうに歩いている。

外をぐるっと回ってホテルの前に出た。宮殿の背後にそびえ立つタワー。その最上階にあるレストランを見上げる。

二人はそろそろ席に着いた頃だろうか。

彼女と話してみて、なんだかんだ言っても彼のことが好きなのはわかった。しかしプロポーズの返事となると読めない。和喜田は大丈夫だと言うが、女心なんてちょっとしたことで変わってしまうものだ。

倉原は「頑張れ」と密かに拳《こぶし》を握る。やっぱり自然に男の側に立ってしまうものらしい。成功するように念を送ってから、先を行く和喜田の背を追おうとした。が、和喜田は数歩先で立ち止まってこちらを見ていた。その顔には小馬鹿にしたような笑みが浮かんでいる。少なくとも倉原にはそういう顔に見えた。

「なんだよ」

　思わず突っかかってしまう。

「いや。うまくいくといいな」

　お見通しとばかりに言われた。密かに握ったつもりの拳を見られてしまったのかもしれない。恥ずかしいような照れくさいような気分で横に並び、微妙な間を空けて歩く。

「おまえは彼女いるのか？」

「いないと思って訊いてるだろう？」

　突然問いかけてきた和喜田に、少々卑屈に問い返した。

「まあ、思ってないとは言えないな」

「少しは俺にも気を遣えよ。おまえはどうなんだよ？　ずっと付き合ってるのか？」

　和喜田が入社してきた二年前、女性たちは色めき立った。どうか顔だけの男ではありませんように、という彼女たちの願いは叶えられたが、恋人になるという願いが叶った者はなかった。彼女がいる、と言われれば、たいがいの女性はそうだよね……と引き下がる。それでも粘る女性には、社内恋愛はしない主義だ、という言葉が浴びせられたらしい。

　新しく入社してきた独身女性には、まずそのことが伝達されると噂《うわさ》で聞いたが、真偽《しんぎ》のほどはわからない。

「ずっと、ってのがどれのことかわからないが、とりあえず今はいない」

今は、というところに嫌味を感じるのは、もてない男のひがみだろうか。

「へえ、それはみんな知ってるのか?」

「おまえにしか言ってない。言うなよ、面倒だから」

「もてる男は大変だな」

倉原はもうかれこれ六年、彼女がいなかった。つまり社会人になってから女性と付き合ったことがないのだが、もちろんそんなことを正直に和喜田に言うつもりはない。

明確な返事はせずにこの話は終わらせようと思ったのだが、おまえはどうなんだ、と和喜田が突っ込んできた。

「俺も、今はいない」

和喜田と同じ言い回しをしてみたが、つまらない見栄を張ったと虚しい気分になった。

「そうか」

和喜田のホッとしたような笑顔を意外に思う。和喜田でも彼女がいないことを引け目に感じたりするのだろうか。もてない男ほど、彼女がいないと聞くと急に親しげになる率は高いのだが。

なんにせよ和喜田なら、その気になればすぐにでも彼女はできるだろう。そこに関しては対抗心を燃やす気になれなかった。

それからどうでもいい社内の話をしながら歩き、十五分かからずに店に辿り着いた。

「歩いて十三分。女性の足なら十五分はかかるかな」

倉原は手帳を取り出して書き留める。

レストランの外観は木目を基調とした山小屋風で、いかにも自然指向の店という雰囲気だった。窓から漏れる灯りは温かみのあるオレンジ。テラス席の手すりには蔦《つた》が巻きつき始めたばかりでオープン間もないことを思わせる。

出入り口はフラットなので車いすでも入店可能。ドアを開けて中に入ると、まるでジャングルかというようにそこかしこに大きな観葉植物が配されていた。

板張りの壁に太い柱と梁《はり》が印象的で、床にはテラコッタタイルが敷き詰められている。四人掛けのテーブル席が室内に八つ、テラスに三つ。

入るとすぐに「いらっしゃいませ」と元気な女性の声がかかる。カントリーミュージックが流れる店内の雰囲気もよかった。

ここまではパーフェクトだ。

ひとつだけ空いていた窓際の席へと通される。ウエイトレスはメニューを渡し、予約席と書かれたプレートを持って下がっていった。

「おまえ、予約してたのか？」

「ああ」

いつの間に？　と疑問に思う。もしかしたら行くはずだった相手にキャンセルされたのだろうか。それなら誘われたのも納得だ。

合点がいって、ホッとしている自分と落胆している自分がいた。

和喜田がわざわざ自分のために店を探して連れてきてくれたのかと、心のどこかで思っていた。でもよく考えればそんなはずはない。誰と来る予定だったとしても、自分の言ったことを覚えてくれていただけでもありがたいし、落胆するなんておかしい。

そんなことを考えながら、メニューに目を通す。

価格はリーズナブルとは言い難いが、びっくりするほど高いわけでもなかった。

「問題は味だな」

これがダメなら今までの好印象もすべて覆る。

「なにを頼む？　全部食うか？」

「それは無理だろう。残すのは申し訳ないし。コースをひとつと、あとは店のお勧めのものとか、適当に頼んでみよう」

ウエイトレスを呼んでお勧めを訊き、一品料理をいくつかと、一番安いコースを頼んでみた。安いコースの味と盛りつけ、量を知れば、それ以上は推《お》して知ることができる。

「ワインは？」

問われて思い出した。自分が禁酒中であることを。

「いや、いい。特別珍しいのがあるわけでもないみたいだし。おまえは飲めよ」

和喜田が頼んだワインは、倉原もこの料理ならこれだな、と思っていたもので、ちょっとくらいなら……と思ったが、誓いを破るにしても早すぎると欲求を呑み込んだ。

店の雰囲気はいいのだが、居心地がいいとは言い難い。黄色いチェックのテーブルクロスや、置かれた可愛らしい小物が、ターゲット層を明確にしている。周囲は女性のグループかカップルばかりで、スーツ姿の男二人ははっきりと浮いていた。

しかし仕事だと思えば恥ずかしさも消える。

「おまえは本当に仕事が好きなんだな」

手帳片手にしげしげと店内を見回す倉原を見て、和喜田は少し呆れたように言った。

「おまえは好きじゃないのか？」

「好きとかそういうことで選んだ仕事じゃないし……まあ嫌いでもないけど」

そこにウエイトレスがサラダを運んで来て、鮮やかな色に目を奪われた。白い小さなサラダボウルに、緑の温野菜と、トマトやにんじんの小さな角切りのジュレが入っている。

「わ、美味しそう」

皿に取り分けようとしたが、和喜田はいらないと首を横に振った。

「じゃあ、いただきます」

ドレッシングをかけて口に含めば、ジュレの絶妙《ぜつみょう》な歯ごたえが楽しかった。自然な甘みの後に酸味が来て頬が緩む。

「うん、美味い。よかった」

これなら自信を持って客に勧められると嬉しくなる。夢中で頬張る倉原をじっと見つめ、和喜田はフッと口元をほころばせた。

「その顔でそういうのって、なんか詐欺だよな」

美味しくて上機嫌だったのに、水を差された気分になる。

「そういうのって、どういうのだよ」

「クールな澄まし顔で、子供みたいに無邪気《むじゃき》な反応をするところ」

「む、無邪気!? 俺が？　子供みたいなんて、今まで一度も言われたことないぞ」

本当に子供だった頃でも、大人びた可愛げのない子供だと言われていたのだ。大人になってからは、なにが楽しくて生きているのかわからない、なんてことも言われたことがある。それはひどいと思ったが、無邪気な子供と言われるよりは納得できる。

「へえ。俺しか知らないのか」

和喜田はニヤニヤ笑う。

「知らないいんじゃない。おまえの目がおかしいんだ」

「まあ、そういうことにしといてやるよ」

納得していない引き方が不満だったが、コース料理の前菜が運ばれてきてそのまま話は流れた。和喜田の前に置かれた前菜にも、倉原は遠慮なく手を伸ばす。

前菜はひとつの皿に三つ盛られていて、ひとつひとつの量はとても少ない。それを分け合えば、周囲からクスクスと忍び笑いがもれるのは当然だった。

女性なら見かける光景だが、男がやっているのは倉原も見たことがない。しかも二人ともスーツ姿で、片や銀行員のような堅物風、片や人目を引く男前。さすがに少しばかりまずかっただろうかと、倉原は手を引いた。

「周りなんか気にするな。なんなら、あーんってしてやろうか？」

和喜田は楽しそうに言って、運ばれてきた根菜ステーキを小さく切って、倉原の口の前に差し出した。

倉原は眼鏡のブリッジを押し上げ、ステーキ越しに男前を睨みつける。それではゲイカップルの……それもかなりのバカップルだ。

「やめろ。でも、味は確認する」

和喜田が気にしないのなら、自分の恥ずかしさは我慢できる。周囲の客には不快に感じる人もいるかもしれないが、皿に取り分けるくらいなら非常識とは言えないだろう。

自信を持って客に勧めたいから、食べられるものは全部食べる。

「おまえの職務熱心さには感心するよ」

浮かんだ笑顔は自然だったが、どうも馬鹿にされているように感じてしまう。

「仕事だけが生きがいの真面目な堅物だからな」

卑屈に言い返した。

「別にそれが悪いなんて言ってないだろ。おまえってなんか、白鳥みたいだよな。見た目は優雅でツンと澄ましてんのに、水面下では一生懸命バタ足して水掻いてんの。疲れない？　そういうの」

「疲れない。見た目がどうとか関係ないし、俺は普通にバタ足してるだけだ。無理をしてるつもりはない」

「はあ……しょうがねえな。ま、見てればいいか……」

和喜田はワインを口に運びながら、倉原をじっと見つめてボソッと言った。

「なにを見てるって？」

「いや、気にしなくていい」

あっさり切り捨てられてムッとする。どうも和喜田は自分と誰かと重ねて心配しているようだが、和喜田が見ているのは、その過去の誰かであって自分ではない。

「さっさと食ってさっさと帰るぞ」

手当たり次第に手を伸ばして皿を空にしていく。

自分はいったいなににむかついているのだろう。和喜田のそばにいると、なにかしらむかついているのだけど、こんな理由のわからないむかつきは初めてだ。

和喜田の前に運ばれてきたデザートを無言で引き寄せて食べ、タンポポコーヒーを一気に飲み干そうとして、熱さに弾き返される。

「落ち着けよ」

「俺はいつも落ち着いている」

「なにを怒ってる？」

「怒ってない」

そう言い返した声が苛立っていて、これはダメだとトイレに立った。

和喜田が自分にかまうのは、どうやら過去が原因のようだ。その誰かはノイローゼにでもなったのだろうか。和喜田にしてみれば優しさや責任感からの行動なのかもしれないが、一緒にされるのは迷惑だ。

誰かに見守ってほしいなんて思ったことはないし、和喜田にそんなことはされたくない。たとえ馬鹿にされようと見下されようと、自分は対等だと思っているのだから。

和喜田の目は誰を見ているのだろう。今まで必死に反発してきたのは独《ひと》り相撲《ずもう》だったのか。

「まあ、和喜田がなんで俺に興味を持つのか、不思議だったんだよな……」

理由がわかってよかったと思えばいい。

鏡の中の自分の顔を見る。こういう時は澄まし顔が便利だ。ネクタイを締め直して席に戻り、ちびちびとコーヒーを飲んで席を立った。

倉原は支払いをしようとしたのだが、

「お連れ様にいただいております」

ウエイトレスに愛想よく言われた。

「え？」

戸惑う倉原の後ろを和喜田は「ご馳走様」と言って通り抜け、ドアを開けて外に出て行ってしまった。

「ちょ、ちょっと待……あ、美味しかったです。できればパンフレットのようなものはありませんか？　お客様に紹介したいので」

和喜田の方を気にしつつ、倉原は自分の名刺を渡して、パンフレットをもらった。

「ありがとうございます」

「こちらこそありがとうございました。またのお越しをお待ちいたしております」

にこやかに送り出された。

いい店を紹介してもらったことには感謝だが、素直に礼を言う気になれなかった。

「トイレに立った隙に精算を済ませるなんて、なに格好つけてるんだよ。女とデートしてんじゃないんだから」

外で待っていた和喜田に、礼より先に文句が口を突いて出た。

「ああ、つい癖で」

癖になるほど女と食事に来ていたということか。スマートな支払いに女は惚れ直すのだろうが、倉原には腹立たしいばかりだった。

「いくらだった？」

「おい、ここで財布を出すなよ。みっともないから」

そう言われて取り出そうとした財布をしまう。確かに、道端で財布を出して押し問答するのはみっともない。

「明日払うから、金額だけ教えてくれ」

「俺が誘ったんだから、俺が払うのは当然だろう」

「いい店を教えてもらってすごく感謝してる。だから俺が払う」

歩き出した和喜田に食い下がる。

「じゃ、次の店を払ってくれ」

「は？　次の店？　もう行かないぞ」

明日も仕事だし、これ以上和喜田と二人でいたくなかった。顔を見ているだけで苛々するのだ。

「ここから徒歩で三分くらいのところに、自家製の果実酒でカクテルを作ってくれるバーがある。そこもけっこういい感じの店だ」

「え、この近くにそんな店が……」

興味を引かれる。和喜田が歩いている方向からいって、ホテルに近づくことになる。流れで紹介するのにもちょうどいい。

「行くだろ?」

「いや、でも……」

見透かされているのが悔しい。和喜田の意のままになるのは気に入らないが、店は知りたかった。客のためだと自分を納得させる。

「次は絶対、俺が払うからな」

「はいはい」

軽くあしらわれたことにムッとしながら、少し離れてついていく。

和喜田はいったいなにが楽しいのだろう。ただの意地悪なのか。人の嫌がることをするのが好きなのか。まさかこれも誰かの代わりということはないだろう。

言わない望みまで察して叶えるのが究極のコンシェルジュだとするなら、自分は和喜田にとって最悪のコンシェルジュに違いない。なにがしたいのかさっぱりわからない。

「ここだ」

顔を上げれば板チョコ形のドアの前に和喜田が立っている。姿勢がよくて格好いい。そう思った自分に苛つく。

バーの中は薄暗く、まるで洞窟《どうくつ》のようだった。奥に向かってカウンターが伸び、角張った椅子が八つ並んでいるだけの小さな店。客の背中側の壁にランタンが灯り、ゴツゴツした岩肌のような壁を浮かび上がらせている。

「いらっしゃいませ」

初老の品のいいマスターがひとり、静かに迎えてくれた。店は新しそうなのに年季《ねんき》が入っているように感じるのは、マスターの醸《かも》し出す空気ゆえかもしれない。

客は、一番奥にスーツ姿の中年男性がひとりいるだけ。倉原はとりあえず出入り口に近い椅子に腰を下ろした。隣に和喜田も座る。

マスターの背面には、どこのバーでもおなじみのアルコール類がずらりと並んでいた。そしてカウンターの上には季節の果物が盛られている。メニューを受け取って隅々まで目を走らせれば、果実酒や生の果物を使ったカクテルが豊富だった。

「あ、俺禁酒中だった……」

思い出して、思わずつぶやく。

「は？　それでさっきもワイン頼まなかったのか。その禁酒って、こないだのが原因か？」

「まあ……」

「味の確認も仕事のうちだろう。飲め。潰れたらまた介抱してやる」

仕事だという免罪符を、醜態を晒した当人にもらう。

「介抱はいらないし、潰れるほど飲まないけど……。マスター、甘口のカクテルをお願いします。ベースはなんでもかまいません」

女性客を想定して注文してみた。客のためだと何度も唱えて罪悪感を打ち消す。

「じゃあ俺は辛口で」

マスターは笑みを浮かべて了解し、手際よくカクテルを作りはじめた。

かすかに流れるピアノの音が、雨だれのように静けさを埋める。テーブル上には小さなキャンドルが灯り、顔をゆらゆらと照らした。

ここでは誰でもある程度いい男に見えるかもしれない。しかし、隣にある端正な横顔を見れば溜息しか出なかった。

なぜ自分はこんな男と二人で酒を飲んでいるのだろう。友達といえば、頭はいいけど人付き合いのヘタな頭でっかちタイプが多い。和喜田のような人の輪の中心にいるタイプはどちらかというと苦手だった。兄も弟も同じタイプで、勝手にコンプレックスを膨らませていた。

でも本当は羨ましかったから、社会に出て人の集まるところに身を置いた。人付き合いがヘタなのは、逃げてきたツケだ。必死にならないと、人並みにもなれない。

和喜田が案じている誰かとはきっと違う。

「倉原はどこの国に行きたいんだ？」

和喜田に問われてハッと横を向く。二人なのだから話をしなくては間が持たないのに、物思いにふけってしまった。

「あ、えっと……イギリスか、フランスか。ルッツホテルに泊まりたいんだ。来年は行こうと思ってお金貯めてるんだけど、おまえ行ったことある？」

悪いと思って話に応じ、質問を投げかける。名前を挙げた世界的に有名な超高級ホテルは、サービスの質が高いことでも知られていた。

「あるけど、だいぶ昔だな。俺の旅は基本、安宿だから」

「そうか。あそこは一泊、べらぼうに高いもんな……」

どうせ海外に行くのなら、いいホテルに泊まって勉強したい。いい部屋を見て、質のよいサービスを体感して、ちょっと意地悪なお願いなんかもしてみたい。

「あのな、世の中にはホテル以外にも楽しいことや素晴らしいことがたくさんある。勉強熱心はけっこうだが、それだけに目を向けて世界を狭くするのはもったいないぞ」

「あ、うん。そうだな。俺の知識は机上のものばかりだから、人間的魅力に欠けるのかもな……」

「おまえにはおまえの魅力がある。如月さんの言う通り、普段は見えにくいけどな。……俺はおまえにいろんなものを見せたいんだ。新しいものを見るとおまえ、目がキラキラするから」

「キ、キラキラ？　……キラキラって、俺？」

「そう、おまえ。実は好奇心が強いんだよ。それを慎重さが抑圧《よくあつ》してる。目ぇ瞑《つむ》って勇気出して一歩踏み出してみろよ。すごい世界が広がってるから」

「うん……」

戸惑う倉原の前にカクテルが静かに差し出された。

「オレンジとシャンパーニュのフローズンカクテルです」

「わー、きれいですね」

上に行くほど薄くなるオレンジ色のグラデーションが美しい。シャーベット状の液体をストローで吸い上げると、シュワッと甘酸っぱい冷たさが広がった。どこか懐かしい味だ。

「ん、美味しいです」

にっこり笑顔でマスターに告げる。

「ありがとうございます」

しわの深い顔に穏やかな笑みが刻まれた。

グラスを目線の高さに持ち上げ、その色を見つめる。できれば太陽の下で見てみたい。

「ほら、キラキラしてる」

和喜田にクスクス笑われて、急に恥ずかしくなった。グラスを置き、眼鏡のブリッジを押さえて表情を硬くする。和喜田は褒め言葉のつもりなのかもしれないが、キラキラなんて勘弁してほしい。仏頂面と言われる方が落ち着く。

「おまえの目がおかしいんだろ。俺がキラキラとかありえないから」

和喜田の目にはどうも変なフィルターがかかっているようだ。最近はカメラも進化して、無駄にキラキラさせたり漫画風に加工できたりといろんなのがあるが、和喜田の目にもそういうフィルターがかかっているのかもしれない。

「まあ、昔から見るところが人とちょっと違うって言われたな。でも、現実にないものを見てるわけじゃない。人が遺跡を見てる時に、俺はその横に生えてる草を見てたりするだけだ。どこにでも生えてる草だって言われても、なんか違う気がするって思ったら、俺にはそっちの方が気になってしまう。すぐ横道に逸《そ》れるから人と一緒に旅はできないけど、おまえと旅するのは面白い気がする」

「……やっぱおかしいぞ、おまえ。俺なんかと旅しても、なんにも面白くないから」

想像する。和喜田と一緒に旅をする自分。きっとずっと苛々している。だけどなぜか笑っている様子が浮かんだ。

「そうか？　おまえは変なところも律儀に一緒に見てくれそうだし、同じものを見ても、俺とはまったく違うことを考えそうだ」

「違うのがいいのか？　違うから苛々するんだろ？」

「同じじゃつまらねーよ。俺が苛々するのは違うからじゃない。おまえが……そうだな、もうちょっと緩むといいかな」

「緩む？　堅いってことか？」

「堅いっていうか、まあそんなとこだけど……。なあ、おまえ童貞《どうてい》か？」

突然変なことを問われて目を丸くする。

「は……はあ？　な、おまえ、なに言って」

倉原はしどろもどろになり、そして真っ赤になった。

「あ、やっぱり？」

「ち、違う！」

自然に声が大きくなるのを必死で潜めて強く否定する。

しかし和喜田は疑わしげな顔をしていた。以前、客にも同じことを問われたことがあるので、きっとそういうふうに見えるのだろう。その時は、ご想像にお任せしたのだが、和喜田に対しては意地やプライドというものが頭をもたげる。

「俺だってそれなりに経験はある。ただ、こういう話は苦手なんだ」

経験があるといっても、大学時代に彼女と何度かしただけだ。もて男相手に堂々と披露《ひろう》できるような話ではない。そういう話をする友人もいなかったので、口にすること自体に免疫がなかった。

「まあそういうのも可愛いけど」

「可愛くなくていい」

「可愛げは大事だぜ？　おまえは表情が出るといい感じになるんだけど、真面目な顔してると人形みたいだからな。そういうの、気にしてるんだろ？」

「気にしてない」とは言えない。けど、素直に「気にしている」とも言えなかった。

和喜田は身体ごと倉原の方を向くと、倉原の顎を掴んで自分の方を向かせ、観察する。

「色気がなあ……皆無なんだよ。真面目な顔しててもにじみ出る色気、みたいのがあるとガラッと印象が変わるんだが」

「ホ、ホテルマンに色気なんていらないだろ」

じっと見られると、わけもなく焦ってしまう。和喜田の手を払いのけて前を向き、ストローでザクザクとフローズンオレンジをかき混ぜる。

「色気っていうのは別に、セックスアピールだけじゃないぞ？」

「だからそういう露骨《ろこつ》な単語を出すなって」

眉を寄せて横目で睨めば、和喜田が噴き出した。

「おまえは女子中学生か」

笑う和喜田の前に、マスターが微笑みながらそっと辛口カクテルを置いた。倉原は早くこの場から逃げ出したいと思う。

「確かに俺は、人間としての幅っていうか厚みっていうか、そういうのがない。ペラペラだし、ガチガチだし、ウイットに富んだ会話とか、セクシーな会話とかもできないし」

「セクシー……」

自虐《じぎゃく》的にぼやいた揚げ足をとって和喜田がまた笑う。倉原には和喜田が悪魔に見えた。

「帰る」

「いやいや、待て待て。おまえはガチガチだけどペラペラなんかじゃねえよ。今時、純粋で誠実な努力家なんて貴重だぞ？」

「おまえはそうやって俺を馬鹿にするんだよ」

「してないって。卑屈になるな、褒めてるんだ」

「もういい。帰る」

今度こそ立ち上がろうとした倉原の腕を引き、和喜田は自分のグラスを差し出した。

「まあまあ。とにかく飲めって。これ、うまいぞ。味見するんだろ？」

味見はするつもりでいたのだが、なぜか一瞬躊躇した。今までなんの遠慮もなく和喜田の分も強奪してきたのに、なぜ躊躇《ためら》ったのか。自分でもその理由がわからなかった。

「いただく」

そう言葉にして躊躇いを消し、椅子に座り直してグラスを口に運んだ。ふわっと香ったライムに促されるように、カクテルを口に含む。

「ああ、さっぱりしてる。これの後だと、ちょっと苦く感じるけど……ライムが後口をすっきりさせてくれて、微妙な甘みが辛みを引き立てる。これはなんだろ……」

「ラ・フランスです」

「ああ、洋なしですか。合いますね。すごく美味しいです」

和喜田のことも躊躇したことも忘れてニコニコとマスターと話をする。

すると和喜田は倉原の手からグラスを奪い、残りを水のようにあおった。

「おい、もっと味わって飲めよ」

一気になくなったのを見て文句をつける。別にどう飲もうとかまわないのだが、なにかしらケチをつけていないと落ち着かない気分だった。

和喜田の唇が濡れたのを見て、なぜかドキドキしている。種類の違うアルコールを入れたせいで急に酔いが回った……わけではないだろう。自分が飲んだものを和喜田が飲んだ。ただそれだけのこと。固体ではなにも感じなかったのが、液体だと妙に意識してしまう。なんだか交わった、感じがして。

今までそんなことを意識したことは、それこそ思春期の時にだって一度もなかった。

自分の唇に親指でそっと触れてみれば、和喜田の唇と同じように濡れていた。指についた滴を舌で舐めとると、まるで和喜田の唇を舐めたかのような錯覚に陥り、身体がカッと熱くなる。

なんで和喜田の唇なんかに……と困惑して見れば、やっぱり心拍数が跳ね上がって慌て目を逸らした。酔っているのだ。おかしな妄想も反応も全部酔いのせいだ。

「おまえさ……男に抱かれたことはあるか？」

濡れた唇がとんでもない言葉を放ち、混乱する倉原の思考を一瞬フリーズさせた。

「は？　はあ!?　男に抱かれ、て、そんなことあるわけないだろう！」

つい大声で否定してしまい、周囲を窺う。場にそぐわない声だった。

「そういう言い方はよくないな。もし俺が男に抱かれたことがあったら傷つくぞ」

言われてハッとする。言葉というのは普段から気をつけていないと無意識に差別的なことを言ってしまう。

「確かに今のは配慮に欠ける発言だった。でも、おまえにはいらない配慮だろう？」

「わかんねえぞ？」

和喜田がニヤッと笑う。

「え？」

和喜田が男に抱かれる図というものを想像しそうになったが、できなかった。想像力が足りないのかなんなのか、脳がそれを絵にすることを拒否した。

真面目な顔で考え込んだ倉原を見て、和喜田が笑い出す。

「安心しろ、ないから。でも、抱く方ならいけるぞ」

和喜田は笑いを微笑に変えて言った。ちょっと顔がエロい。

「そ、それは……すごいな」

節操《せっそう》なしと罵《ののし》りたかったが、やめた。

同性愛に偏見はないつもりだ。海外からの客にはそういうことを隠さない人もいるし、男同士で手を繋いでいるのを見ても否定的な感情は持たなかった。ただ誰とでも寝るという人間には嫌悪感を覚える。和喜田がどうなのかは知らないが。

「すごいって、おまえ……完全に他人事だな。危機感持てよ」

「危機感?」

「おいおい、俺は男もOKだって言ってるんだぞ。おまえも抱けるってことだ」

「俺!? おまえが俺を? ないない。俺なんか抱いてどうする」

そうそういつもからかわれてやるものかと半笑いで返した。もしかしたら男を抱けるというのもからかうためのネタだったのかと訝る。

危機感を持つどころか、嘘だと決めつけている倉原を見て、和喜田は溜息をついた。

「だよな……。指を舐めるなんてエロくさいことするから、誘われてんのかと思ったけど、そんなわけないよな」

「え、エロくさ……俺が?」

言われて倉原は真っ赤になった。なんとなく指を舐めたのがそんなふうに見えたのか。

あの時考えていたのはまったく違うことだったが、倉原なりにエロいことではあった。

「おまえみたいな優等生顔は、ちょっと緩んだだけですごくエロくなるんだよ。可愛い顔してたけど、なに考えてた？」

「な、な、なにもっ」

やましさに目を逸らす。おまえの唇にドキドキしていたなんて絶対に言えない。

「おー耳まで真っ赤。こんなにからかいがいのある奴だとは思わなかった」

「からかうな。俺はこういうの苦手だって言ってるだろ」

声を低く抑えて睨みつける。

「じゃあ真面目に。俺に抱かれてみろよ。おまえは絶対化ける。俺が変えてやる」

真面目な顔で馬鹿みたいな冗談を言われても対処に困る。

「なに言ってるんだ。笑えないぞ」

「笑わせる気はないからな。俺が色気を出させてやるから、身を任せてみろ」

迫ってこられてオロオロし、のけぞるように逃げを打つ。

「い、色気なんていらないんだよ。そんなの……品格が落ちる」

「だから、色気ってのはセックスアピールだけじゃないって言っただろ。抱きたい抱かれたいと思わせる吸引力の強い色気もあるが、ただずっと見ていたいと思わせる清廉《せいれん》な色気ってのもあるんだよ。どっちにしろ色気のある人間は魅力的だ」

なんでもない所作が美しくて見ていたいと思う、そんな人は確かにいる。和喜田のように歩いているだけで視線を奪う人もいる。そういう人が醸し出す空気というかオーラのことを和喜田は色気と言っているのだろうか。

見られたいという願望はないが、じっと見ていたくなるような人にはなりたい。

「おまえに抱かれるとそれが身につくって？」

「ああ」

「断言かよ」

「自信がある。おまえは変わる。俺が変えたい。だからまあ、騙されたと思って……」

「騙されるかよ。俺は男だぞ!?　おまえに抱かれるとか冗談じゃない。お断りだ」

和喜田の考えることはやっぱり理解不能だ。抱く相手ならよりどりみどりだろう。なぜわざわざ自分など抱こうとするのか。意味がわからない。

「俺にやりたいこと見つけろって言ったのはおまえだろ。あんな可愛い顔で、見つかるといいなって言ったくせに。自分で奪うのか？」

和喜田は飲み干したグラスの縁をなぞりながら、責めるように言った。

「まさかそれがおまえのやりたいことだとでも？」

「そうだ。って言ったら抱かせてくれるか？」

「他を当たってくれ」

やりたいことが見つかるといいな、と言った覚えはある。しかしそんなことがやりたいことだと言われても信じられない。応援なんてできるわけがない。

「冷てえな。口先だけだったのか」

「なんで俺なんだよ。そんなのからかってるとしか思えないだろ。晴香ちゃんは？　一流のバーテンダーになるんだって頑張ってたし、彼女を変えてやるとか」

「女は話が面倒くさくなる」

「それはまあ……。いや、俺だって面倒くさいぞ！」

「面倒くささの種類が違う。おまえの面倒は楽しい。……あーあ、せっかくのやる気がなあ。削がれちゃったなあ。転職しようかな」

最後にボソッと吐かれた一言に、倉原はビクッとした。

「え⁉　いや、仕事にやりがいを見出せよ。契約を取ってくるのって楽しいだろ？　ほら、今度おまえが契約取ってきた大きいパーティーもあるじゃないか」

なんとか引き留める言葉を探す。転職はしてほしくなかった。

「まあ楽しくないわけじゃないけど、契約を取ると途端に冷めるっていうか……。できる男はやりがい見つけるのも大変なんだよ」

聞いた途端に引き留める気持ちが萎《な》える。

「自分で言うか。おまえは本っ当に嫌な奴だな」

心から言う。自分で自分をできる男とか言う奴には初めて会った。あまり謙遜するのも嫌味だが、開き直りすぎだろう。

「おまえに嫌な奴だって言われるとなんかゾクゾクするな。もっと言っていいぞ」

笑顔が恐ろしい。

「……変態」

「普段、褒められてばっかりだから、罵倒《ばとう》が新鮮」

本気なのか冗談なのか。

「みんな思ってるよ、おまえは嫌な奴だって。特に男は」

「思ってても言わないいんだよ。特に大人の男は。できのいい奴を悪く言うと、やっかんでるように聞こえるだろ？」

「お、俺はやっかんでなんかないぞ！　正直なだけだ」

潜めた声で言い合っていた二人の前に、グラスが差し出された。

倉原の前に置かれたのは、透きとおった赤いカクテル。フルートグラスに注がれ、ミントの葉がのっている。

「トマトのモヒートです。肩の力が抜けますよ」

マスターはにっこり笑ってそう言った。トマトと聞くと少し身構えてしまうのは、先日飲んだトマトのカクテルがなかなかに不味かったせいだろう。

「あ、ありがとうございます」

「こちらはハーブを使ったビールです。日本の小さな醸造所で作られているんですよ」

「へえ」

興味をアルコールに持っていかれて空気が変わる。助かった。給仕のタイミングは年の功なのだろうか。味もよくて確かに肩の力が抜けた。

当然のようにグラスを交換したが、今度はもうドキドキしなかった。手帳を開いてメモを取れば、意識は業務モードに切り替わる。一杯目の時はなにをテンパっていたのか、メモを取るのも忘れていた。

和喜田はマスターと海外で飲んだビールについて話している。二人とも知識が豊富で、倉原はメモを取り終わると、静かにその会話に耳を傾けた。

ぼんやりと和喜田の顔を見つめていると、自然にその唇に視線が吸い寄せられていく。男らしい厚めの唇は小気味よく動いた。濡れた唇が笑みの形に広がり、こちらに向けられてハッと目を逸らす。

なんだろう。和喜田の唇には、ずっと見ていたくなる色気がある、ということなのだろうか。またにわかにドキドキし始めて、カクテルを口にする。

唇についた赤い液体を舌で舐めとったのは完全に無意識だった。視線を感じて横を見れば、今度は和喜田が倉原の唇を見つめていた。

「舐めるのは癖か。……舌使いがなんかエロいんだよ」

「……は？」

思わず唇を手の甲で隠す。

自分に唇を舐める癖があるなんて気づかなかった。しかも舌使いがエロいなんて……。

「倉原……」

和喜田は名前を呼んだだけで、なかなか続きの言葉を発しない。無言で見つめ合っている状況に鼓動だけがどんどん速くなっていく。

――なんの間なんだよ……。

倉原は眼鏡のブリッジを押し上げて、さりげなく視線を外した。

「まつげが長いな」

「は？」

眼鏡に向かって伸びてきた手を慌てて払いのける。

「裸エプロンとか裸靴下とかあるけど、裸眼鏡ってのもエロいかもな」

もったいぶった末に吐かれた言葉がそれだ。睨んでもじっと見つめてくる目に、裸にされているような錯覚を覚えて、倉原は立ち上がった。

「アホか。帰るぞ。マスター、一緒に会計をお願いします」

残りのカクテルをあおり、代金を払ってから、ここでも宿泊客に勧めたいのでよろしくお願いします、と頭を下げた。

「こちらこそ。どうぞまたいらしてくださいね、お二人で」

マスターは穏やかで優しそうだったが、最後の一言で食えない人なのかもしれないと思う。あれだけ小競り合いをしていたのだ、二人で……なんて意地悪だとしか思えない。

外に出ると頬に触れる空気が冷たくて、自分が火照っていることに気づいた。この火照りは酔いによるものなのか……。

「ごちそうさま」

和喜田は素直に奢《おご》られてくれた。しかし金額的にはレストランの方が高かったはずだ。

「ああ、俺もごちそうさま」

倉原も律儀に言ってなかった礼を言う。帰る方向は同じだったので、肩を並べて歩き出した。来た時よりも肩と肩の距離はちょっとだけ近い。

レストランの料理や今飲んだカクテルについて話すと、ごく普通の友達のように話が盛り上がって、なんだか嬉しくなった。自分が突っかからず、和喜田が変なことを言ってからかわなければ、普通に話すことができるのだ。これから仲よくなれる可能性はある。

「和喜田……辞めないよな、ホテル」

同僚でいられたらいろんな可能性がある。

「なに？　俺に辞めてほしくない？」

和喜田が微笑みながら顔を近づけてきた。その瞳が熱っぽく潤んでいるように見えて、思わず後ずさる。

「そりゃ、俺はみんなに辞めてほしくないから」

スタッフは家族のようなもの——といっても、ずっと一緒というわけにはいかない。客にどんなに心を尽くしても、ホテルはひとときの宿にすぎない。みんなそれぞれの家へと帰っていく。家族が欲しければ、結婚するしかない。

そんな当然のことをなぜか今考えた。

「俺が特別だって言ったら、いてやるけど？」

「辞めちまえ」

ずっとそばにいるのは特別な人。自分のそれは男ではないし、当然和喜田ではない。

「倉原、俺に抱かれたくなったら眼鏡を外せよ。いつでも抱いてやるから」

「は？　おまえ本当に頭おかしいだろ。俺が抱かれたくなることなんて絶対にない」

これは頭が固いわけじゃなく、普通のことのはずだ。

「人間たまには思い切ったチャレンジも必要だぜ？　一回でいいから抱かれてみろよ。劇的に変わるから」

肩を抱いて引き寄せようとするから、肘で撃退した。

「なんなんだよ、おまえのその自信は。……俺はそんなことで変わりたくない。自分でちゃんと実績とか経験とか積んで、一人前のコンシェルジュになる」

「だから、男に抱かれるのもひとつの経験……」

「それ以上言うとぶん殴るぞ。もし抱かれるにしても、おまえだけはないから！」

ただの売り言葉に買い言葉。もちろん他の男に抱かれる気などあるわけがない。

しかし言った途端にギュッと二の腕を掴まれた。ものすごい力で。

「倉原、他の男はダメだぞ」

さっきまでの軽い調子は消え、真っ直ぐな眼差しは刺すように鋭く、怖いほどだった。

反射的に逃れようとしたが、指が深く食い込んでくる。

「な、んだよ……痛いって」

顔をしかめて本気で痛がれば、和喜田はハッと我に返ったように手を離した。

「悪い。でも、他の男に抱かれるくらいなら俺にしとけ。俺は優しいし、巧《うま》いぞ」

和喜田は指を卑猥《ひわい》に動かし、殺気だった空気を冗談でごまかした。それに倉原もホッとする。一瞬、和喜田が別人のようだった。

「おまえが優しかろうが巧かろうが俺には一切関係ない。じゃあな」

交差点で足を止めて倉原は言った。ホテルの方へ行く和喜田とはここで別れる。

「ああ」

和喜田の返事はそれだけだった。しつこく絡んでいたわりに素っ気ない。別に粘ってほしかったわけではないのだが……。

和喜田が本気で自分を抱きたいなんて思うわけがない。からかっていただけだ。しかしたとえ冗談でも、好きでもない相手、しかも同性の同僚にそんなことを言うなんて、倉原には考えられないことだった。近づけば近づくほど違いを感じる。

自信家で意地悪で男も抱けて。軽くて経験豊富でなんでもできて、笑い出すと止まらなくて、熱くなれるものを欲していて……。そしてたぶん、自分と似た誰かを心に住まわせている。

そんなこと知りたくなかった。できればなにも知らなかった、嫌っていた頃に戻りたい。

あいつには近づくな、危険、危険――警鐘《けいしょう》がどんどん大きく、うるさいほど頭の中で鳴り響く。そんなことはわかっているし、近づく気はない。自分に答えを返しても、警鐘はいつまでも鳴り止まなかった。


翌朝、更衣室で制服に着替えたところで、ラフな格好の和喜田が入ってきた。

「おはよう」

「おはよう」

会わない時はまったく会わないのに、会いたくない時ほど会うような気がする。

倉原はネクタイの結び目を整え、姿見に全身を映すと、背後に和喜田が映り込んだ。脱げば着やせするタイプなのだとわかる。しかしその立派な胸板より、唇に視線が吸い寄せられてしまう。なぜそんなに唇なのか、倉原は自分に困惑する。

「あ、そういえば昨日のプロポーズ、成功したって」

不意に思い出して和喜田に告げる。昨夜、レストランのスタッフがわざわざメールで教えてくれたのだ。彼女は指輪を受け取った、と。

「プロポーズ？　ああ、あのお騒がせカップルか。言っただろ、大丈夫だって」

「うん。本当によかった」

必死な様子の彼氏を思い出せば、思わず顔がほころんだ。

「……他人事でよくそんな幸せそうな顔ができるな」

「え？　だって嬉しいじゃないか。プロポーズなんて人生の一大事だぞ。それに関わることができて、しかも成功したんだから」

喜ばない和喜田の方が倉原には不思議だった。

「まあ、よかったとは思うけど。あの二人じゃうちで披露宴は無理そうだな」

「無粋な奴だな。そんなことのためにやったんじゃないんだからいいんだよ。」

もちろん仕事でやったことだし、ゲストに尽くすことはホテルの利益に繋がる。しかしウエディングなんて考えてもいなかった。

「じゃあなんのためにやったんだ？」

「それはもちろんお客様のために。って言いたいけど、結局は自己満足かもな。俺は好きでやってるんだ」

自分のやったことで人が喜んでくれるのが嬉しい。絵を描くのが好きな人が絵描きになるように、倉原にとっては趣味と実益を兼ねたありがたい仕事だった。

「顔だけ見ると、すごく事務的に割り切って仕事してるみたいに見えるのにな」

「うるっさいな。どうせ冷たい澄まし顔だよ」

倉原は拗ねたような捨て台詞を残して更衣室を出た。

普通に話せたはずだ。以前となにも変わらずに。和喜田の態度も変わっていなかった。

あれは夜バージョンのからかいだったのか。

「俺に抱かれてみろ」なんて言ってしまって、案外和喜田も後悔しているかもしれない。

今まで通り少し意地悪な同僚。それでいい。

コンシェルジュデスクに行くと、紺野がノートパソコンに向かっていた。

「ホールの様子、ちゃんと見てるか？」

倉原は背後から音もなく忍び寄り、声を掛けた。

「え!?　あ、はい！　見てます！」

紺野はビクッと背筋を伸ばして慌てて周囲を見回す。

「集中してしまうと周囲が見えなくなるから気をつけるように」

「はい。おはようございます、倉原さん」

紺野はにっこり笑った。見習いたくなるほど紺野は愛想がいい。少々粗忽者《そこつもの》だが、顔は可愛らしく、幼女から老女まで女性客にアイドル的な人気があった。

つい先日も五歳の女の子に、「紺くんをいじめないで」と言われて倉原は少しばかり落ち込んだ。もちろんいじめているわけではなく、指導していただけだ。

紺野は「違うよ、教えてもらってるんだよー」などとフォローしてくれたが、倉原が微笑んでみせても幼女は疑わしげな表情をしていた。

倉原は歳下にはまるで人気がない。しかし、ある程度以上の年齢の人には、男女問わずわりと好かれる。人生の荒波を越えて来た人間は、表情に出ないものも感じ取れるようになるのかもしれない。だが、相手の能力に頼るようではダメだろう。

「来週のルビーホールでのパーティー、俺が受付をすることになったから、ここは紺野と馬原《うまはら》さんの二人になる。金曜日で宿泊客も多いし、頑張れよ？」

「はーい、足を引っ張らないよう頑張ります」

「その間延びした喋り方はやめろ。気が抜ける」

「イエッサー！」

キリッと敬礼などしてみせる。が、それはそれで力が抜ける。思わずクスッと笑えば、紺野が嬉しそうな顔をした。

人を楽しませたい――紺野はコンシェルジュに向いている。

最近はコンシェルジュになりたいという若者も少なく、大事に育てたいが、甘やかしては意味がない。ダメコンシェルジュが十人いてもいないのと同じ。いや、ホテルの評判を落としかねない分、いない方がマシかもしれない。

このホテルのコンシェルジュはクラブフロア専任も併せて八人いるが、二十代は倉原と紺野だけだ。若さよりも経験が必要な部署なので年齢は高くてもいいのだが、下が入らなくては頭打ちになる。しかし厳しく指導すればすぐに辞めてしまう。

「自分には無理です……」という言葉をもう何度聞いただろう。そんなことは倉原も何百回と思っているし、未だに週に一度は「向いていない」とグダグダ悩んでいる。

しかし、難しさや大変さを乗り越えずにやりがいは得られない。

だからなんでもできてしまう和喜田は困難を探しているのだろう。自分に色気を与えるのは確かに困難そうだが、その方法が抱くというのはおかしい。

「紺野、いい店を教えてもらったんだ。おまえも今度行ってこいよ」

倉原はコンシェルジュ専用のデータベースに、昨夜の店について入力しながら言った。

「いい店？　誰に教えてもらったんですか？」

興味津々の様子で訊かれ、一瞬答えに詰まる。

「……和喜田」

「やっぱり仲良しなんじゃないですか。僕も誘ってくれればよかったのに」

「ああ……そうだな。でも昨夜はおまえ勤務だったし。次があったら誘ってやるよ」

紺野がいてくれれば気まずさはかなり軽減されるだろう。ただ、次があるか……。

「その機会はないだろうな」

背後から声がして、二人でビクッと振り返る。

「登場の仕方まで同じなんて、やっぱり仲良しだ」

紺野が和喜田を見て苦情混じりに言った。

「仲良しじゃないから」

倉原は紺野の勘違いを冷静に訂正する。もう一緒に食事に行く機会はないという言葉に倉原は密かに落ち込んでいた。

「紺野、おまえは倉原にくっつきすぎだ。さっさと独り立ちしろ」

和喜田は間に割って入ってきて、紺野の頭を押しのける。

「そんな無茶な。僕は和喜田さんみたいに優秀じゃないんで、独り立ちなんてまだまだです。倉原先生のご指導ご鞭撻《べんたつ》が必要なんですっ」

紺野は負けじと言い返したが、エントランスに客が入ってきて悪ふざけも私語もやめる。

「これ、ガージェのパーティーの招待客リストだ」

和喜田が倉原にＵＳＢメモリーを差し出した。

「ああ、ありがとう」

ガージェというのは高級アクセサリーブランドの名前で、そのレセプションパーティーが来週ここの一番大きな宴会場で開かれる。その受付を頼まれた時に、招待客のリストが欲しいと頼んでおいたのだ。

「あんまり頑張りすぎるなよ？　なにか起こればその都度《つど》対処する。そのための体制は整えているし、対応できるスタッフを揃えたつもりだ」

確かにホテル内でも優秀なスタッフが集められていた。その中に加えてもらったことが嬉しくて、倉原は自分にできることはすべてやろうと意気込んでいた。それを見抜いての言葉だろう。

パーティーは、ガージェのお得意様や取引先、マスコミなどを集めて、来春の新作を発表する毎年恒例のものだ。いつも決まった外資系のホテルで開催されていたのだが、今年初めてうちのホテルで開催されることになった。十年来の蜜月を断ち切って、契約をもぎ取ってきたのは和喜田だった。

決まった時には業界内で話題騒然となった。先のホテルがなにか失態を犯して契約を切られたわけではない。純粋に営業をかけて正々堂々ともぎ取ってきた。

そういう意味でも注目度は高く、クライアントの期待も半端ではない。少しの不満も倍に膨らむ可能性があった。

絶対に失敗はできない。責任者である和喜田はもっとピリピリしていても不思議ではないのだが、周囲にまるでそれを感じさせなかった。余裕があるのは万全の体制を敷いている自信があるから。実際、その計画書は素晴らしいものだったが、それでも心配になるのが人情だろう。

余裕綽々《よゆうしゃくしゃく》の和喜田はやっぱりただ者ではない。

「俺はいつでも自分にできる最善を尽くす。無理をしてるわけじゃないし、おまえに心配してもらう必要もない。自分の心配をしろよ」

前のホテルの方が良かったなんて絶対に言われたくない。ホテルのためにも、自分のためにも、そして和喜田のためにも――。それには前のホテルをはるかにしのぐサービスを提供する必要がある。並ではダメなのだ。

「大丈夫、抜かりはない。それに、うちのスタッフは最高だ」

頭にポンと手を置かれ、「だろ?」と顔を覗き込まれる。

「あ、うん」

間近で目が合って、思わず子供みたいな返事をしてしまった。

「それにしてもおまえの頭、バッキバキだな。この髪型やめろよ、禿げるぞ？」

「は？」

整髪料で一分の隙もなく固めているが、毎日洗ってちゃんと手入れしているし、薄くはなっていないはず。とっさに頭頂部に手をやれば、和喜田がクックッと笑った。

「大丈夫だ、まだ禿げてない。でもおまえはもっと柔らかい髪型の方が似合うぞ。これはおまえの地道な変革への助言だ」

「そりゃどうも」

和喜田は言うだけ言って、倉原がどうするかは聞かずにフロントの裏へと消えていった。

「やっぱり仲良しだ……」

紺野は前を向いたままでつぶやいた。それを横目に睨み、倉原はさりげなく和喜田に触れられたところに触れる。

この頭にあんな親しげなスキンシップを仕掛けてきた人は今までいなかった。

柔らかい髪型にすれば、もっと触ってもらえるのだろうか……。そんなことを考えて恥ずかしくなる。

別に、触ってほしいわけじゃない。でもせっかくの助言だから検討はしてみるべきだろう。しかし柔らかい髪型は子供っぽくなってしまうのが難点なのだ。

倉原は受け取ったUSBメモリーをパソコンに差し込んだ。ファイルを開けば、招待客の名前などのデータが一覧で表示される。著名人も多い派手なパーティーだ。

こんな大きな契約を取ってきて気負いもしないなんて凄すぎる。もしかしたら内心ではビビッていたり……はしないだろう。嫌味なほど完璧な男。

でもなぜか、以前のように嫌いという気持ちが湧いてこない。抱かれてみろ、なんてかなり人を馬鹿にした台詞だったと思うのだが、本気の怒りは湧かなかった。

和喜田の気持ちもわからないが、自分の気持ちもわからない。和喜田のことを本当はどう思っているのか……。

親しくなれば嫌えなくて、近づきすぎれば怖くなる。かまわれるのは正直、悪い気持ちではない。

溜息をついて頭を横に振る。考えてもきっと答えは出ない。それよりも今は仕事だ。受付として指名してもらったからには、完璧に職務をはたしたい。

リストをプリントアウトし、確実に顔がわかる人にチェックを付けてみた。全体の三分の一ほど。半分くらいはなんとなくわかるが、半分はさっぱりわからない。

顔は公表していない人も多いので、せめて名前とどういう関係の人かということは頭に入れておきたかった。

眼鏡のテンプルを押さえてリストをじっと見つめる。その指をなんとなく後ろへ滑らせ、自分の髪に触れた。今日はなぜか髪に触れると落ち着く。

自分を変えることをもっとちゃんと考えた方がいいのかもしれない。

倉原の目には、和喜田の背に自由の翼が見える。ふわふわと身軽だ、良くも悪くも。見ていると、連れていってほしいような、引き留めたいような……よくわからない焦燥を覚える。しかし翼をもたない自分は、地に足を付けてコツコツとやっていくしかない。ひとつずつ、ひとりずつ。

目の前のリストを見れば気が重くなったが、これをこなすことは自分にもできる。任された仕事から逃げるという選択だけはしたくなかった。

「こんばんは、行橋《ゆきはし》様。ドレス姿も素敵ですね」

ホテルの常連客なら問題なく顔と名前は一致する。それでも今日は必ず招待状の提示を求めるように言われていた。だいたいの人は嫌な顔もせずに応えてくれる。

「あらありがとう。今日はこっちなの？」

「はい。とてもきらびやかで少し緊張しております」

「ふふ、倉原くんが着飾った姿も見てみたいわ。今度うちのパーティーにいらっしゃいよ」

「私は裏方が落ち着くんです。給仕係としてならお伺いします」

にこやかに会話しながら、招待客のリストにチェックを入れる。

フロントのベテランスタッフと一緒に、手際よくゲストを捌《さば》いていく。会場前のホワイエにはマスコミ関係者の姿も多く、誰が招待客なのかわからない雑然とした状態だった。

だからこそ受付という関所が必要だった。会場内には招待された者しか入れない。

「いらっしゃいませ。こちらで招待状を確認させていただいております。はい、佐々木春《ささきはる》信《のぶ》様……」

しかし招待状に記載されている名前と、目の前にいる人物がイコールで繋がらなかった。佐々木は年配の貿易会社の社長で、このホテルの常連客だ。こんな茶色い髪の青年ではないし、隣にいるスレンダーなギャルも当然違う。

「恐れ入りますが、佐々木様の代理人の方でいらっしゃいますか？」

「え？　あ、ああ、俺は佐々木の甥《おい》で、これは彼女だ。おじさんに招待状をもらったんだ、行ってこいって。ダメなのか!?」

喧嘩腰に訊いてくる。その反応に違和感を覚えた。

「いえ、代理の方の出席ももちろんけっこうです。しかし本日はセキュリティチェックが厳しくなっておりまして、ご本人様でない場合は名刺か免許証など、なにか身元の確認ができるものをご提示いただくようになっております」

「そ、そんなの持ってねえよ！　俺はまだ学生だし」

「わかりました。では私の方から佐々木様にお電話して確認してみましょう。少しお待ちいただけますか？」

普段はそんなことはしない。主催者の判断を仰《あお》ぎ、身元が確認できない場合はだいたい入場を断る。だが、佐々木は顔見知りで、直接訊いた方が素早く正確な対応ができると判断した。

「え、あ、いや、おじさんは忙しいからそんなことすんなよ。仕事中だ」

「さようでございますか？　ではお尋ねいたします。私、佐々木様は一人っ子だと伺っておりました。どういうご関係の甥御様なのでしょう？」

「甥っていうか、親戚だよ。面倒だから甥って言っただけ！」

虚勢を張るように大声で喋るせいで、周囲の注目を集めてしまう。本当に佐々木の親戚だった場合、これはかなりまずいことになる。

「承知いたしました。誠に恐れ入りますが、私では判断いたしかねますので、パーティーの責任者を連れてまいります。こちらで少々お待ちくださいませ」

受付カウンターの内側にある椅子を指し示す。若い男女は居心地悪そうにしていた。

「もういいよ、帰ろうよ」

女は男の服を引っ張るが、男は後には引けないという感じで椅子に座った。

周囲にいた人々がひそひそ話しながら二人を見る。その視線は冷たく、空気が悪くなってしまったことに責任を感じる。もう少し配慮すべきだった。

無線でホテル側の責任者である和喜田に事情を話した。

『わかった。少し待ってろ』

主催会社の担当者と協議するのだろう。これくらいのトラブルは付きものだが、このパーティーに関してはどんな小さな問題も起こしたくなかった。

「もう帰ろう、瞬《しゅん》ちゃん。私が行ってみたいとか言ったから。ごめんね」

「別に。いいんだよ、どうせあの人行く気なかったんだし」

態度や髪型はなってないが、服装は一応スーツだし、女の方もわりとちゃんとしている。身元さえわかれば入れてやれないことはないだろう。

「もしかして、佐々木様のご子息では……」

はたと思い当たって男の顔をマジマジと見る。なぜ最初にそこに思い至らなかったのか。甥だと嘘を言われて不審者だと思い込んでしまった。

「な、なんであんた、そんなにあの人のこと知ってんの!?」

「佐々木様にはいつも当ホテルをご利用いただいておりますので」

「ホテルの客なんていっぱいいるだろ。こんな高級ホテルはセレブみたいなのばっかり。あの人の会社なんて全然大したことねえのに、見栄張っていい部屋に泊まってるわけ？」

「お勤め先やお部屋のランクは関係ございません。ただ私を頼ってくれた方だと覚えやすいというのはあります。佐々木様のご子息なら、高校の卒業祝いに財布を贈られませんでしたか？」

「え、あ、なんで息子って断定してんだよ。俺は親戚。あんなの親じゃねえよ」

その言い方ではもう息子だと言っているようなものだ。

「幼い時に離婚して、会わせてもらえた時にはもう大きくなっていて、今さら懐いてもらえない……と、寂しそうに仰《おっしゃ》られていましたよ。卒業祝いになにかあげたいけど、若い子の喜ぶ物がわからないから一緒に考えてほしいと頼まれたのです。歳が近いからわかるのではないかと」

「だ、だから俺は……」

この期に及んでまだ違うと言い張ろうとする。

「このお財布かしら？」

「ああ、それです。そのお財布でした」

彼女が掲げた財布を見て、倉原はにこやかにうなずいた。

「へ!? お、おまえなに勝手に抜いてんだよ！」

男は振り返ってギョッとし、彼女の手から財布を奪い返した。メタリックシルバーの二つ折りの財布は、若者に人気のブランドものだ。ホテルの若いスタッフにリサーチして選んだので、よく覚えている。

「大変失礼しました。ご子息であれば問題ないと思います。しかし、お父様には連絡をさせてもらいます」

「ああ!?　なんでだよ」

「先ほどの言い方では、招待状は無断で拝借《はいしゃく》してきたのでしょう？　佐々木様は困ってらっしゃるかもしれません」

「あんなおっさんが行くわけねえよ。こんな洒落たパーティー」

「この招待状は顧客向けのものではなく、取引先向けのものです。だから佐々木様にとってこのパーティーに出席することはお仕事です。個人的感情で出欠を決められるものではありません。まさかお父様の足を引っ張るためにいらっしゃったわけではないですよね？もしそうならご子息でも入場をお断りすることになりますが」

「別に……。俺はあの人のところに招待状が来てるのをたまたま見かけて、それをこいつに言ったら、一度行ってみたいって言うから……」

「わかりました。では、もう少しここでお待ちください」

倉原はにこやかに言ったのだが、男は「いや、もう帰る……」と腰を上げようとした。

「お待ちください」

強い口調で押しとどめれば、男は鼻白んだように腰を落とした。

もう一度和喜田に連絡し佐々木と同伴であれば入場してもいいと許可をもらう。あとは倉原が佐々木と直接話をして対処するということになった。

佐々木と連絡を取ると、すでに近くまで来ているという。すぐに佐々木は姿を現し、息子はばつの悪そうな顔になった。補導されて親が迎えに来た高校生のようだ。彼女は親子を見比べ、どこか楽しそうな顔をしている。もしかしたら大物なのかもしれない。

「いくら探しても招待状がないから、とにかく来てみたんだ。ここのホテルなら倉原さんもいるし、なんとかなるだろうと思って……。まさかこいつが持ち出していたなんて、ご迷惑お掛けして本当にすみません」

佐々木は困惑したように息子を見て、倉原に頭を下げた。

「佐々木様、お財布使っていただけたみたいで、よかったですね」

倉原はまず佐々木にそう言った。

「え？　あ、そうなんですか？　それは知らなかったな」

佐々木が少し照れくさそうに笑って、息子も照れくさそうな顔になった。この親子は未だに意思の疎通がうまくはかれていないらしい。

「おまえはなぜ、行きたいなら行きたいと言わないんだ。こんな泥棒《どろぼう》みたいなこと……」

「泥棒ってなんだよ⁉」

「人の物を無断で持っていくのは泥棒だろう。たとえ親子であっても」

「それは……」

「ごめんなさい！　私が行きたいって言ったんです。子供の頃からこういうパーティーとかすごく憧れてて。本当に、すみませんでした」

ぐずぐず言っている彼氏の横で、彼女は潔く立ち上がり、深々と頭を下げた。周囲の大人たちは呆気《あっけ》にとられる。

「えーと、きみは瞬一《しゅんいち》の彼女なのかな？」

「はい。瞬ちゃんはちょっと頼りないけどすごく優しくて。お父さんのことも本当はすごく気にしてるんです」

「おい⁉　なに余計なこと言ってんだよ！」

悪いけど笑ってしまった。これはもう彼女に任せるのが一番いいのかもしれない。

「佐々木様、どうなさいますか？　佐々木様の同伴者ということであれば中に入ってもかまわないと許可いただいておりますが」

「え、そうなんですか？　うわ、倉原さんにはいつも迷惑かけてすみません。それじゃ……。瞬一、ちゃんと粗相のないようにできるか？」

「ああ？　それは……まあ、できるっちゃできるけど」

彼女をチラチラと見る。彼女がいなかったら捨て台詞でも残していなくなっていただろう。そもそも彼女がいなかったこんなこともしなかったのだろうけど。

「大丈夫です。私たち隅っこの方でおとなしくしてます。お仕事の邪魔はしません」

物怖じすることなく彼女が宣言した。

「わかった。じゃあ息子のことはあなたにお任せします。私は仕事があるけど、後で一緒に食事をしましょう」

「はい！　ありがとうございます」

彼女は彼氏の腕をしっかり掴んで頭を下げた。彼女の嬉しそうな顔にまんざらでもなさそうな息子を見て、佐々木も嬉しそうだった。

「よかったですね、佐々木様」

倉原は佐々木に耳打ちする。これは親子の絆《きずな》を回復するチャンスかもしれない。きっと彼女が橋渡し役になってくれる。

「ありがとう。いつも面倒かけて悪いね。主催者の方には私から謝っておくから」

「どうぞお気になさらずに。お仕事頑張ってください」

彼らの後ろ姿を見送ると、会場内に和喜田の姿を見つける。目が合ったので「解決した」と無線で告げれば、「了解」と笑顔が返ってきた。

こういうやり取りは楽しい。信頼関係があるように感じられて嬉しくなる。

それからも小さな問題は起こったが、特にこじれることはなく、パーティーは好評のうちに終わった。

撤収が終わると、倉原はコンシェルジュデスクに戻り、通常業務を引き継いだ。パーティーの受付はイレギュラーの時間外勤務で、これから朝までの勤務がある。

深夜にコンシェルジュが必要と、されることは少ないが、いつでも対応できるよう万全の体制を整えている。とはいえ、待機の間はすることがないことも多い。

さすがに深夜の二時を回れば眠くなって、フロントの夜勤の人になにかあったら電話を、と頼んで仮眠室に引き上げた。超過勤務なので仮眠は認められているのだが、なんとなく勤務中という意識から横になれず、椅子に座って雑誌を開いた。

「よう、お疲れ～」

ドアが開いて和喜田が入ってくる。主催者の反省会という名の打ち上げが小宴会場で開かれており、和喜田はそれに出ていた。だいぶ飲んでいるようで、足下がおぼつかない。

「お疲れ」

和喜田は仮眠を取って帰るつもりなのだろうとおもったのだが、倉原の斜め前にある椅子に腰を落とすと、テーブルに置いていたペットボトルの水をごくごくと飲んでしまった。

「あ、おいっ」

もちろんそれは倉原のものだ。

「ああもう、すっげー飲まされた。みんな上機嫌はいいんだが、うちの会社に来いとかしつこくて……ああうざかった」

濡れた唇が目に入り、なんとなく目を逸らした。

「会社に？　引き抜きか？」

「給料は三倍にするとか、重役待遇にしてやるとか、調子のいいことを」

「すごいじゃないか」

「酒の席の戯れ言に決まってるだろう。それに、あんな女の多い職場、面倒くさい。今もうざくて、飲み過ぎて気分が悪くなりましたーって言って抜けてきた」

「よかったのか？」

「いいさ。みんな飲んでるから、誰がいつまで残ってたかなんていちいち記憶してる奴はいないし、いても別に、仕事はちゃんとやったんだから、文句を言われる筋合いはない」

「そうだな。パーティーは気に入ってもらえてたか？」

「それはもうばっちり。受付も評判よかったぞ。対応が早くて丁寧で感じがいいって。おまえ本当に全員覚えたんだな」

和喜田はテーブルに頬杖《ほおづえ》をつき、倉原に目を向ける。

「さすがに全員は無理だったよ。運がよかったんだ。わからない人、俺んとこに来なかったから」

「佐々木だっけ？　あの人、わりと偉い人だったみたいで、社長におまえのことを褒めまくってたぞ。ここのコンシェルジュは素晴らしいってな」

和喜田は酔っているせいか、まったく遠慮なく倉原の顔をじっと見つめる。

素面の倉原にその眼差しを受け止めることはできなくて、目を泳がせた。

「そうか。それもラッキーだった。佐々木様も帰る時、息子と久しぶりに話ができたって喜んでたし。よかった」

自分が褒められるのは照れくさい。睡眠時間を削って頑張ったのが、今の言葉ですべて報われた。口元が緩みそうになるのを無理に引き締めるが、それでも緩みそうになるから雑誌に視線を落とすふりでうつむいてごまかした。

その雑誌の上に黒い影が落ちて、なんだ？　と顔を上げると、和喜田の顔がすぐ近くにあった。驚いて思わず引こうとした首の後ろを掴まれ、迫ってきた唇が、唇に重なる。

柔らかい衝撃。濡れた唇が倉原の唇を優しく包み込む。

倉原は固まったまま動けなかった。柔らかな舌が唇に触れてピクッと反応する。それが口内に侵入してくるにいたってやっと我に返り、和喜田を突き飛ばした。

「な、な、なにして……」

キスされた。キスされた。頭の中をそれだけがぐるぐる回る。

「なんか可愛かったから、キスした」

「はあ!?　この酔っぱらいが！」

「まあ、酔ってるけど……。今のは素面でもしちゃっただろ。おまえの嬉しいって顔、可愛いぞ？　澄まし顔を作ろうとして変な顔になってんのがまた可愛くて……」

「ふ、ふ、ふざけんなっ！」

怒鳴りつけて立ち上がり、一目散《いちもくさん》にその場から逃げ出す。耳まで発火しそうなほど熱い。

「だって可愛かったし……」

おまえが悪い、というようなつぶやきが聞こえたが、無視してドアを思いっきり閉めた。

「誰が可愛いって……」

唇を手の甲で拭《ぬぐ》おうとして、しかし触れる手前で止まる。

あの唇が触れたのだと意識すると、たとえ自分の唇でも触われなくなった。汚いとかそういう感情ではない。触れたら最後、なにか変な扉が開きそうな気がする。

その扉の向こうになにがあるのかもわからないのに、行ってはいけないと思う。なにか得体の知れないものに巻き込まれてしまいそうな感じがして、漠然と怖かった。

いつもキリリと引き結んでいる唇を薄く開いたまま。倉原は自分の唇を持て余し、朝ま

でコンシェルジュデスクに座っていた。


和喜田がコンシェルジュデスクに来たのは翌々日の朝だった。

一日あったので倉原としては平静を取り戻したつもりでいた。しかし、近づいてくる和喜田を見た途端、激しい動悸《どうき》に見舞われ、この場から逃げ出したくなる。

「倉原」

和喜田はデスクに手を突いて名前を呼んだが、倉原は顔を上げない。

「なんだ？」

「怒ってるのか？　キスくらい……まるで身持ちの堅い女だな」

「は⁉　おまえ開き直んのかよ⁉」

大きな声を出しそうになって、寸前でボリュームを絞った。

確かにいい歳をした大人が、酔った弾みのキスを真面目に糾弾《きゅうだん》するのは馬鹿げているのかもしれない。しかも男同士だ。冗談で処理するのが妥当だろう。

しかし、和喜田にとっては「キスくらい」のことでも、倉原には「キスなんて」とんでもないことだった。自分の唇を腫《は》れ物のように扱い、どれだけぐるぐるしたと思っているのか。

「身持ちが堅くてなにが悪い。キスくらいってなんだ。おまえは自分の軽さを反省しろ」

声を潜めて反論すれば、和喜田が顔を近づけてきたので、のけぞるようにして避ける。

「言っておくが、俺だって誰にでもするわけじゃないぞ」

「だからなんだ？　おまえの選抜に入れたってなんにも嬉しくないし、少しも誠実さなんて感じないんだよっ。もう俺をからかうな。そして仕事中にこういう話をするな」

言いたいことだけ言ってきっぱり拒絶すれば、和喜田は大きく溜息をついて、去っていった。怒ったのか、呆れたのか。――どちらにせよ、なにを言っても聞く気がないことは伝わったのだろう。

誰にでもするわけじゃない――それならなぜ自分にしたのか。他の誰にだったらするのか。訊けばよかったのかもしれない。でも、訊いてもしょうがない気がする。

キスの持つ意味が、倉原と和喜田とではまるで違うのだから。

付き合ってもいない相手と唇を合わせるなんてありえない。ましてや舌をいれるなんて……もちろん自分の考えが堅くて重いということは承知している。

和喜田にキスをされてからずっとふわふわして落ち着かなかった。デスクにいてこんな浮ついた気持ちになるのは初めてだ。

忘れろ、忘れろと心の中で念じ、ちらつく和喜田の姿を必死で打ち消す。五分ほども葛

藤してやっと落ち着いてきたのに、

「和喜田さんって、格好いいですよねえ……」

戻ってきた紺野の一声で台無しになる。心の中を見透かされたのかと思った。

「な、なにを言ってるんだ。あんなのは見てくれだけだ」

「えー、そんなことないですよ。また大きい契約取ってきたらしいし、それに僕にもよく声を掛けてくれるんですよ。コンシェルジュはどうだ？　って。優しいですよー」

「そりゃよかったな」

和喜田も自分のことを優しい紳士だと言っていた。それが事実だと人の口から聞くと、イラッとするのはなぜなのだろう。

「いやあ、なんかもう、和喜田さんになら捧げちゃってもいいかなーって」

「は？　捧げるってなにを？」

「そんなの、決まってるじゃないですかー」

紺野がもじもじする。

「……馬鹿なこと言ってないで、仕事しろ」

和喜田はきっと天然の人たらしなのだ。キスされて怒る人なんて今までいなかったに違いない。倉原も実のところ、怒るより困惑している。ただひたすら動揺している。

「倉原さん、嫉妬《しっと》ですか？」

「は？　なんで俺が嫉妬なんか――」

「大丈夫です、倉原さんも魅力的ですよ。ちゃんと尊敬してますから」

「……私語は慎め」

嫉妬と言われて、とっさに和喜田を取られることへの嫉妬だと思ってしまった。自分の後輩が自分を差し置いて他の男を褒めることへの嫉妬だなんて思いつきもしなかった。

思考回路がおかしくなっている。

和喜田に抱かれたいなんて断じて考えていない。紺野よりも自分の方が好かれている、なんて対抗心も持ってない。そもそも男同士でキスだとか抱くだとか、そんなことをしてなにがどうなるというのか。不毛すぎる。

「本当、お二人って正反対ですよね……」

紺野は倉原をチラッと見てつぶやいた。

誰の目にもそう見えているのだろう。自分と和喜田はまるで正反対だと。

だからこそ惹かれるのかもしれないが、だからこそうまくいくわけがない。真面目で融通の利かない人間は、軽い気持ちで人にキスしたり口説いたりできる人間とは、絶対に合わない。

わかっているのだから回避すればいい。このまま距離を置けば……。

そう考えた瞬間に、ポンッと頭に置かれた大きな手の感触と、柔らかな唇の感触を思い出した。

心をぎゅっと鷲掴《わしづか》みにされて和喜田の元に一気に引き寄せられるような、強い吸引力を感じて怖くなる。すでにもう片足は蟻地獄にはまっていて、このままずぶずぶと取り込まれていけば、その先あるのは当然地獄だろう。

きっとスキンシップに飢えているだけだ。少し優しくされただけで心が揺らぐほど、甘やかされることに飢えている。だったらそれをどこか違うところで補充すればいい。

でも、どこで？　優しい人はいくらでも知っているけど、自分を甘やかしてくれる人なんてまるで思い当たらない。

ずっと独りで頑張ってきた。別に蔑《ないがし》ろにされてきたというわけでなく、子供の頃から独りでいるのが好きで、自分の意志でそうしてきた。だから自分のことは自分でなんとかするし、できる自信もある。

飢えているからといって、腹をこわすとわかっているものに手を出したりはしない。軽い気持ちで試せるような性格なら、もうとっくに海外に行っている。慎重に吟味《ぎんみ》して、安全が確認できるまで足を踏み出せない。臆病な自分が嫌になることもあるが、和喜田は紛争地域よりも危険な気がする。離れることは賢明な判断だ。

筋道立てて論理立てて、和喜田から遠ざかることの正しさを自分に説く。惹かれる気持ちを、生々しい唇の感触を断ち切る。

こういうのを和喜田なら、頭でっかちのガッチガチだと言うだろう。緩めて一歩踏み出せば世界は変わるのに、と――。

でも、和喜田に賭けるなんて大博打《おおばくち》は打てない。

いやそれ以前に、男は弱さを受け止める器であって、人に甘えたり縋ったりするものではない。しっかりと自分の足で立って、自分の目で吟味して。欲しいものは自分から奪いに行く。

これはきっと恋心を装った試練なのだろう。和喜田になんて惚れるわけがない。

重要なのは自分の中の甘えや弱さに打ち勝ち、信念や常識を遵守《じゅんしゅ》すること。

恋心……かもしれないと疑ったものは煩悩《ぼんのう》に変換され、倉原は修行僧の気分でうろ覚えの真言を唱えた。

煩悩を退《しりぞ》けるために倉原にできたことは、避けることだけだった。

「倉原」

声を聞くと一瞬で煩悩が溢れそうになってしまう。だから気を引き締めて、ことさら難しい顔を作って平静を装う。同じことをもう何度も繰り返している。

「なんだ？　俺は忙しいんだが」

答えながらも足は止めない。無人の従業員通路は和喜田と二人きりで対峙するのに相応しい場所ではなかった。できるだけ明るい場所へ、人のいる方へ。早足で歩いていたのにあっさり追いつかれ、腕を取られて近くにあったリネン室に連れ込まれた。

暗い、無人、狭い――最悪の場所だ。

「なぜ俺を避ける？　キスのことをまだ怒ってるのか？」

壁際に押しやられ、問われる。あれくらいのことで？　と言いたげだ。

「別に……忙しいだけだ」

「今日は暇だと紺野に聞いたが？　俺が来ると途端に忙しくなるらしいじゃないか」

あの野郎……と内心で紺野に悪態をつく。内通者は和喜田の崇拝者《すうはいしゃ》だ。訊かれれば素直に答えるだろう。

「本当、不思議だよな。よほど俺とおまえは相性が悪いんだろう」

しらばっくれると無表情な顔が近づいてきた。嫌味な笑顔はむかつくが、表情が消えると怖い。逃げ出そうとしたが両側を両腕でブロックされていて脱出は不可能だった。

「倉原……」

「キ、キスとかしたら、もう絶対口きかないからな」

体温を感じるほどに身体を寄せられて、慌てて言葉で牽制した。

「ふーん。じゃあこれは？」

和喜田はキス寸前くらいの距離で囁いて、親指の腹で倉原の下唇をじわりと撫でた。

ゾクッとして視線を上げれば、目の前に和喜田の唇。瞼《まぶた》を伏せた瞳は色っぽくて、心が逃げ場を失う。

「な、な、……は、離せ、馬鹿！」

こんなイヤらしいことはされたことがない。焦りに焦って和喜田の手を払い、胸を押して逃れようとしたが、逆に腰に抱かれて引き寄せられる。

「細ぇ腰だな……。逃げられると追いたくなる。追い詰められたくないなら、逃げるな」

耳に直接言葉が注ぎ込まれて、身体がカッと熱くなった。もう充分追い詰められている。

「逃げてない。ただおまえの顔を見たくないだけだ。……嫌いだから」

遠慮なく嫌えと言ったのは和喜田だ。それくらいのことを言って突き放さないと、引力に負けてしまいそうな気がした。和喜田がどう思うかなんて考えていなかった。

「そうだったな」

和喜田はそう一言つぶやくと、倉原を解放してリネン室を出て行った。

「なんでおまえが、そんな顔するんだよ……」

今までどんな言葉をぶつけてもまるで手応えがなかったのに、いきなり命中したようにギュッと眉根が寄った。それはとても痛そうな、傷ついたようにも見える顔だった。いつも強気で自信ありげで、さっきまで逃げるな、なんて言っていたくせに。これもなにかの策略だろうかと疑う。

しかし、それからの和喜田はおとなしいものだった。仕事の話は普通にするが、目を合わせようとはしない。わざわざからかいに来ることもなくなり、一週間の間に顔を合わせたのは二度ほどだった。だがこの頻度が普通なのだ。

「倉っちー、珍しく和喜田王子が荒れてたぞ。あんまり冷たくしてやるなよ」

「は？　荒れてたって……俺のせいじゃないですよ。俺はあいつにはずーっと冷たいし」

仕事帰りに一杯だけと思ってやってきたバーで、いきなり名前を出されて気が重くなった。荒れてるなんて聞いたら気になるが、興味のないふうを装う。

「最近はちょっと楽しそうだったのになあ。ま、倉っち相手じゃいつもの調子じゃダメだよねえ。王子はあれでけっこう行き当たりばったりだから」

「如月さんと和喜田って、なんだかんだでわかり合ってるっていうか、仲がいいですよね。似たもの同士？」

「うーん。似てるかなあ。俺はあいつほど人生を諦めてないし、期待してもいないよ」

「それ、矛盾《むじゅん》してませんか？」

「ちっちっちっ、人はみな矛盾を抱えて生きているものだよ、倉原くん」

如月はマドラーを振りつつ人生を語る。

「今度は哲学ですか……」

「一般論だよ。どんなに優秀でもしょせん人は人でしかない。和喜田王子だって矛盾を抱えて足掻くただの人間だ。迷うことも間違うこともある。許してやれよ」

「許す？　俺が？　あいつになにを聞いたんですか？」

よもやキスしたことを許してもらえないと拗ねていたわけではあるまい。今のこの表面的な平穏はいいことなのか悪いことなのか。覆すべきなのか、放っておいていいのか。わからなくてずっともやもやしている。

和喜田を傷つけたかもしれないことはずっと気になっているのだが……。

「なにも聞いてないよ。王子はただただ無言で飲んでましたー。素晴らしいハイペースで。倉っち相手になんかやらかしちゃった？　っていうのが俺の推測。はずれた？」

「俺は関係ないです。俺とあいつは……近づかない方がいいんですよ」

和喜田は悠々と空を飛んでいればいい。遠くからなら、憧れみたいに眺めていることができる。近づくから怖くなる。傷つけたんじゃないか……。嫌いだと言ったのは自分なのに、嫌われたんじゃないかとビクビクしている。

「俺は倉っちに期待してるのよ。世の中をつまらなさそうに諦観《ていかん》してた王子が、最近は人間らしい顔をするようになった。もちろんいい表情ばっかじゃないけど、それがいいんだよ。もっと近づけ。摩擦《まさつ》上等」

如月はそんなことを言ってシェーカーを振る。長い指がボディーに優しく添えられ、振る手つきはどこかセクシーで目を奪われる。あれも一種の色気、なのかもしれない。

「あいつみたいな派手でふわふわした奴と、俺みたいに地味でガッチガチの奴なんて、合うわけない。近づけばぶつかって消耗して終わりです」

シェーカーのトップが外され、カクテルグラスに淡い桜色の液体が注がれる。

「それでもいいんだよ。王子の場合、好きでふわふわしてるんじゃないんじゃないかなあ……っていうのが、ずっとふわふわしてた俺の見解なわけ。倉っちが飛べないように、王子には地に足つけることが難しいんだ。だからさ……」

桜色の液体の上に白いクリームがフロートされ、二層になった上にピンに刺したチェリーがのせられる。そして倉原の前に差し出された。

「はい、エンジェルキッスもどきね。プリンスキッス、とかどう？　ちょっと色合いは季節外れだけど」

「きれいだけど、そのネーミングは飲みづらいです。で、だから……なんなんですか？」

美しいカクテルを見つめながら、如月が途中で切った話の続きを促した。

「ふわふわ王子の重しになってやる気はない？」

「重し？」

「そう。漬け物石みたいに重ったいのを抱えたら、嫌でも地に足がつくだろ」

そんなことを言って楽しげな笑みを浮かべた。

「……俺が、漬け物石、ですか……。遠慮します」

「なんだよー。ふわふわ野郎は硬くて重い石を優しく包み込んでくれると思うぜ？」

「尚《なお》のことけっこうです。重しになんてなりたくないし、包まれたくもありません。和喜田だって欲してませんよ。重いものは、最初はよくてもすぐに捨てたくなる」

「そうかなあ。抱きしめてると意外に重さなんて感じないものだよ？　倉っちはあんまり抱きしめたこととかなさそうだけど」

クスッと笑われてムッとする。しかし、あります！　とは言えなかった。女性を抱きしめたのはもう何年前のことか。

「うーん、正直者。お客様の幸せだけじゃなく、自分の幸せもちゃんと追っかけないとダメだよ？　王子はちょっと難易度高いけど……」

「如月さん。俺も和喜田も男だって、覚えてます？」

「もちろん。あれ？　俺はお友達としてって話をしてたつもりなんだけどなあ。抱きしめるなんて、比喩《ひゆ》よ、比喩。でも、あ、そう。意識はしてるわけだ。男同士はまずいって、思ってるわけだ……」

如月がニヤニヤ笑う。どうやらはめられたらしい。友達としての話だなんてチラッとも思わなかった。でも如月もわざと勘違いしやすい表現を使ったに違いない。

「いいじゃん。俺はありだと思うよ？　常識に囚《とら》われない意外な組み合わせが、奇跡的に美味しいカクテルになったりするんだって」

「どうしようもないカクテルになる可能性の方が高いでしょう？　俺はスタンダードが好きです。冒険はしない主義です」

毒を食らわば皿まで、という気にはなれないのだ。小さくちぎって食べて、変な味がしたらもう食べない。

「ま、漬け物石だって、坂道に置いたら転がっちゃうし？　加速度ついたら大変なことになっちゃうし？」

「俺で遊ばないでください。退屈なんですか？」

「うう……、図星は突かないで」

如月はベストの胸の部分をぎゅっと掴んでおどけてみせる。

和喜田も如月も軽やかに生きている感じがする。どこかでそれに憧れているから、近くにいるとどんどん卑屈になって、どんどん重く感じるようになるだろう。自分自身を——。

「俺はいいと思うんだけどなあ……。まあまあ飲むがいいよ。命名、チェリーキッスに変えるから」

「……それはそれで飲みづらいような。いや、いただきます」

「うん、ガッチガチだねえ……」

手を合わせた倉原を見て如月は苦笑した。

同じように軽くても如月となら普通に話せる。和喜田だとそれができないのは、あの人を馬鹿にした態度がいけないのだろう。そして、変なちょっかいをかけるから……。

如月が作ってくれたカクテルはとても優しい味がしたけれど、飲むほどに気持ちは重くなっていった。


正面玄関の大きなドアから、珍しく和喜田が入ってきた。最近はその姿を見ると条件反射のように胸がギュッとなるのだが、今日はちょっと違った。和喜田は女性と一緒だった。

「うわ、あれって田中愛子《たなかあいこ》じゃないですか!?　今大人気の正統派美人女優、ですよね？　うわーやっぱきれいだなー。和喜田さんって何者なんですか？」

そんなことは倉原が訊きたかった。

和喜田の肘の辺りを可愛らしく掴んで、楽しそうに話しかけている、二十代半ばくらいのとてもきれいな女性。倉原は客との話題のためにドラマや映画もなるべく見るようにしているが、最近よく見る顔だった。

あんなに親しげにしていて大丈夫なのだろうか、と心配する気持ちと、こんなところでベタベタするな、と文句を言いたい気持ちが半々。もちろんそんな内心は顔にも口にも出さない。

きらびやかなロビーを歩いてくる姿はお似合いの美男美女だった。いったいどういう関係なのかはわからないが、とても親しそうに見える。ドアマン姿でエスコートしていた時と違い、普通のスーツ姿のせいか新婚さんと言われればそうも見える。

「田中愛子さんは撮影のために一ヶ月ほど泊まることになった。上には話を通してる」

コンシェルジュデスクの前までできた和喜田はそう説明した。

「こんにちは、田中愛子です。しばらくこちらでお世話になりますので、よろしくお願いします。えっと……コンシェルジュさん？」

田中はとても感じよく挨拶をすると、倉原に声を掛けた。

「はい。コンシェルジュの倉原亨です。なんでもお申し付けください」

倉原はいつも通りの笑顔で答えた。紺野も名乗ったが、田中の視線はずっと倉原をとらえていた。にこにこと感じのいい笑顔なのだが、とても不審だ。

「行くぞ、美紀《みき》……じゃない。田中様。お部屋へご案内いたします」

和喜田の態度に驚いた。下の名前を、それもたぶん本名を呼び捨てにした。間違いなく知り合いなのだろう。そして、和喜田の視線はただの一度も倉原には向けられなかった。

自分でもどうかしていると思うほどショックを受けていた。

和喜田の興味はもう自分にはない。あんなきれいな人がそばにいるなら当然だ。重し代わりにしかならない堅物男になんて、もうちょっかいをかける必要もない。

嫌いだと突き放したのは自分だ。これでいい。何度も心の中で繰り返すが、捨てられたような気分を拭い去ることができなかった。

翌日、田中に呼び出されて部屋に行くと、和喜田がいた。

「倉原さん、お忙しいのにごめんなさい。なんでも言っていいって聞いちゃったから、早速わがままを。これ、味見してくださらない？」

差し出されたのは小麦色の小振りなパンが二種類。

「最近、パンを作るのが楽しくて。和喜田くんにも食べてもらったんだけど、もう一人くらい意見が聞きたいの。こっちとこっち、どっちが美味しいかしら」

「手作りですか？　美味しそうですね。では遠慮なくいただきます」

倉原は笑顔で小さなパンを二つ食べ、意見を言う。そこそこ美味しくて助かったと思った。どんなにまずくても、客の手作りにまずいとは言えない。

「俺と同じじゃないか。わざわざ倉原まで呼ぶことなかったんだ」

和喜田の言葉が、二人きりに水を差したと言っているように聞こえて、倉原は笑顔のまま胸を痛める。早々に立ち去ろうとしたのだが、田中に引き留められた。

「倉原さんって、私たちと同い年なんですって？　私と和喜田くん、高校の同級生なの」

「え？　……田中様はお若く見えますね。まだ二十代前半かと」

同級生だとは思いもしなかった。親しげな理由はわかったが、だからどうということもない。きれいで料理上手な女優に自分が勝てるところなどなにひとつ思い浮かばなかった。

「和喜田くんが老《ふ》けてるのよ。倉原さんだって若く見えるわ。眼鏡を取るともっと若く見えるんじゃないかしら。きっと可愛い感じの……眼鏡、取ってみていただけません？」

「え――」

客に頼まれれば、眼鏡を取ってみせるくらいはなんでもないのだが、和喜田の前では躊躇してしまう。和喜田が抱かれたい時は眼鏡を外せ、なんて言うからいけない。もう言った本人も覚えていないかもしれないが……。

外そうと眼鏡に手をかける。

「美紀、いい加減にしろ。倉原は仕事中だ。もう行っていいぞ、倉原」

和喜田に言われ、ホッとしつつもモヤモヤしながら部屋から出た。美紀、という和喜田の声がいつまでも耳の中に残って離れなかった。

田中が逗留《とうりゅう》するのは、ホテルが田中主演の映画に協賛するからだった。ホテルの外観やエントランスも撮影に使われる。

「女優の接待も営業の仕事なのかよー？」

従業員用の食堂で昼食をとっている時、隣のテーブルからそんなやっかみ半分の声が聞こえてきた。

「違うって。あれは女優様のご指名。同級生らしいぞ。元彼とかじゃないの？　美男美女でお似合いだし。どこの部署にいたって、おまえには絶対回ってこなかった仕事だよ」

元恋人というのは充分にあり得る。誰が見てもお似合いなのだ。

和喜田には自分より相応しい人がたくさんいて、そういう人たちがこぞってそばにいたいと言う。自分の出る幕などありはしない。

「でもさー、いちゃいちゃしすぎじゃねえ？　マスコミに嗅ぎつけられたら問題だろ」

それは確かにその通りだと思った。和喜田の運転で出かけることがあるのだが、仲が良くて公私混同《こうしこんどう》に見えてしまう。スキャンダルになれば、ホテルのイメージダウンは免れないだろう。

倉原は仕事終わり、更衣室で和喜田が現れるのを待った。

一時間ほどして現れた和喜田は、ベンチシートに座っている倉原を見て驚いた顔をした。待ってた、と倉原が言うと、さらに驚いた顔になり、自虐的な笑みが浮かんだ。

「なんだ？　目に入れたくないくらい俺のことが嫌いなんじゃなかったのか？」

そう言われて、倉原は唇を噛んだ。できればその発言は撤回したかったが、今さら撤回してもしょうがない。

「風紀上あまりよくない噂が広がってる。田中様はおまえの恋人なのか？」

単刀直入に訊いてみた。すると和喜田の表情が一変した。眉根を寄せ、眦《まなじり》をつり上げた明らかに怒っている顔。

「は？　恋人？　おまえは本当、俺のことをどうしようもない奴だと思ってるんだな」

「おまえが下の名前で呼んだり、馴れ馴れしくするからいけないんだろ！　節操がない」

思わず怒鳴ってしまって、ハッと我に返る。こんなに怒るほどのことではなかった。ばつの悪い思いで和喜田をチラッと見れば、なぜか和喜田は微笑んでいた。

「おまえ……妬《や》いてんの？」

「そ、そんなわけないだろ！　俺は……あんな噂はまずいと思って、ホテルにも、田中様のためにも……だからおまえに釘を刺しとかなきゃって」

しどろもどろになってしまったのは、図星を突かれたからだ。妬いている——指摘されて気づいた。その通りだった。

「美紀のため、ホテルのため？　ふーん。美紀が元恋人だって噂も信じてる？」

「おまえ、知ってて……」

「美紀のお守りなんて面倒くさい役回りを押しつけられたと思ってたが、意外な収穫」

「と、とにかくホテルマンとして節度ある行動を……というだけだ。じゃ……」

「わざわざ助言をありがとう、コンシェルジュ様」

久しぶりに和喜田のニヤニヤ笑いを見て、なぜか肩の力が抜けるのを感じた。


「はい、ミサエさん、この人がさっき言ってた魔法使い、コンシェルジュの倉原です。このホテルに泊まる人はどんなわがまま言ってもいいから。なんでも叶えてくれるよ」

和喜田が小さな老婦人の手を引いて、コンシェルジュデスクの前にやってきた。

「はい、なんでもお世話させていただきます。倉原と申します」

倉原は老婦人に笑顔を向ける。和喜田へのわだかまりなど客の前では微塵《みじん》も見せない。

「あらー、都会のホテルっちゅうのは、すごかねえ。魔法使いがおるったい」

いかにも初めて上京してきましたという風情で、老婦人は倉原をにこにこと見上げる。

倉原もにこにこと、少し腰をかがめて名前を訊いた。

「斉藤《さいとう》ミサエって言いますと。ミサエって呼んでくれてよかけんね」

ハハハと大きな声で笑う。田舎の伸び伸びとした田園風景が背後に見える気がした。

「はい、ミサエさん。ではこちらに座って、少しお待ちいただけますか？」

「はいはい」

ミサエは背負っていたリュックを前に抱えて、ちょこんと椅子に腰かけた。

倉原は和喜田をつれてフロントの方へ移動する。

「どういういきさつなんだ？」

「駅前でうろうろしてて、前を通ったら写真を見せられたんだ。ここを知らないかって」

和喜田はミサエから預かったという写真を倉原に渡した。

そこには若い男女と狛犬《こまいぬ》、背後に神社の一部が写っていた。

「ここ……？　どこにでもある神社に見えるんだが」

「ああ。どこか全然わからないのかって訊いたら、東京駅から車で一時間くらいのところで、海の近くだって」

「それだけ？」

「それだけ。ああそれと、その二人はミサエさんと旦那さん。写したのは五十年前」

「五十年!?　最悪、なくなってる可能性もあるな……」

「それならそれで海のところまで行きたいんだと。旦那さんは去年亡くなったんだけど、病院のベッドの上で、もう一回新婚旅行に行きたいってずっと言ってて、暇になったから行ってみようかと出てきたそうだ」

「東京駅の前から連れてきたのか？」

「いや。そこの駅前。東京駅は田舎者ばっかりでダメだと村の人に聞いたらしい。だから適当に電車に乗って、ここの駅で人がいっぱい降りたから、一緒に降りたって」

「はあ……。じゃあ、うちに泊まる予定じゃなかったのか？」

「そう。今夜泊まるところも決めてないって言うし。そういうことならうちのホテルにすごい人がいるからってナンパしてきた。これも一種の営業だな」

「なにもうちみたいな高いところ……」

「大丈夫。そこはちゃんとリサーチ済みだから。ご予算は？　って訊いたら、あのリュックの中から巾着袋を出して、中を見せてくれた。帯付きの束が一本入ってたぞ。百万円で東京観光」

「は!?　現金？　見せたのか？」

「そう。危ないだろ？　そんなの放置しとけないだろ？　なんかもう野生動物の保護にも似た心境で引っ張ってきた」

「なるほど」

　村の人は、東京は怖いところだから現金をむやみに見せてはいけない、という助言はしてくれなかったのか。東京駅が旅行者ばかりだという情報よりよほど重要だ。

　お金を見せたのが和喜田でよかった。もしかしたら和喜田だから見せたのかもしれないけど。

「わかった。あとは俺が引き継ぐ」

倉原は写真を手に、和喜田に言った。

「頼んだぞ、魔法使い」

「まあ……魔法は使えないけど頑張ってみる」

「大丈夫。使えるよ、おまえは」

和喜田はポンと倉原の頭に手を置き、自分の仕事へと戻っていった。

おまえならできると信じてもらえているように感じて、嬉しかった。和喜田は最近またよく声を掛けてくるようになったが、過激なスキンシップを仕掛けてくることはなく、仲の良い同僚という距離が倉原には心地よかった。

「ミサエさん、ひとまずお部屋に行きましょう」

写真を見たところでは、どうやって探せばいいのか難しそうだったが、絶対に探し出すと心に決める。ミサエのためにも、自分のためにも。

しかしやはりなかなかの難敵だった。倉原はミサエに根気よく、他にどこに行ったか、周囲になにがあったかを訊いたけれど、なにせ五十年前の記憶だ。曖昧な上に車を運転していたのがご主人で、緊張していて周りを見る心の余裕もなかったらしい。

「ほら、五十年前やけん、新婚旅行が初夜やろうが。二人とも緊張して、頭ん中はそんことばっかりで、景色なんてどうでもよかったったい。そいでも、神社に行った時はね、ずーっとじじばばになるまで幸せに過ごせますようにって、絵馬《えま》に書いたとよ。ああ、そういえば、絵馬が変な形しとったねえ」

標準語に近づけようという気もない方言の解読にまず手こずる。ある意味外国語より難しいかもしれない。初夜云々はスルーし、絵馬の形に注目する。

「変な形って、どんな形ですか？」

「えーっとね、まーるかった」

「丸？　円形ってことですか？」

「こげん、二つくっついた感じで……ほら、おっぱいのような形ったい！」

「おっぱ……」

両手を弧にして胸の前に持っていかれ、倉原は言葉につかえる。

「ありゃー、あんた可愛かね。おっぱい触ったことくらいあろうもん」

容赦のないからかいに倉原は曖昧な笑みを返した。

「わかりました。それは重要な手がかりになると思います。ちょっと探してきますね。夕食はホテルで取られますか？　レストランを手配しておきましょうか。和食も洋食も中華もありますが」

和食がいいというミサエのために和食のレストランに予約を入れ、それからあらゆる手を尽くして情報を集める。ホテル内の連絡網ですべてのスタッフに問いかけ、インターネットもフル活用し、電話もかけまくる。絵馬の情報は貴重だった。神社写真だけではゼロだった情報が、細々とだがヒットする。

夜にはそれらしい場所が判明した。しかし確実ではない。ネット上に出ていた絵馬の形をミサエに見せたが、こんなふうだった気がする、という曖昧な返事だった。ミサエの記憶ではもっとお椀型だったらしいが、ネットで見つけたものは三角に近かった。

「なるほどな。DカップかAカップかって感じだな」

「私ゃ若い頃はCカップあったけんね」

「おお、すごいね、ミサエさん」

そんな会話をするのはもちろん倉原ではない。ミサエの部屋で話をしていたら、仕事を終えた和喜田がやってきて話に加わったのだ。途端に会話が下世話な方向に弾み、倉原はついて行けなくなった。

「やっぱり男の人は、大きか方がよかとやろう？」

「いやー、大きさじゃなくて感度じゃないですか？」

真面目な顔で答える和喜田の脇腹を肘で小突く。品がないにもほどがある。

「うちのじいちゃんもそげん言いよった。じいちゃんも若い時はあんたに負けんくらい、よかにせやったとよ」

「よかにせ？」

「よか男ってことたい」

「ああ、よく言われる。ありがとねー」

ポンポンと軽く明るい会話が繰り広げられ、ミサエはとても楽しそうだった。

「じゃあそこに行ってみるけん、場所ば教えてくれんね？」

「でも、違うかもしれないんです。社殿《しゃでん》の写真が見つからなくて、海もちょっと遠いし」

「よかよか」

「でもミサエさん、腰が痛いんでしょう？　もし違ってたら、本当の場所に行く元気がなくなっちゃいますよ？　私が明日行って確認してきますから」

「よかよ。そげん悪かもん」

「私もたまには観光がしてみたいんです。なんだか素敵な場所みたいですし。明日はホテルのスパでもどうですか？　バラのお風呂《ふろ》とかマッサージとか、気持ちよくて疲れが取れますよ？」

「あら。それは美顔とかいうやつね？　一回してみたかったとよ。ばってん、こげんおばあちゃんがしてもよかっちゃろうか？」

「ぜひ。うちのホテルのスパは有名なんですよ。高齢の方にもご好評いただいてます」

「じゃ、じゃあ冥途《めいど》のみやげによかろうかねえ」

ミサエの顔が乙女《おとめ》のように輝いた。思いつきだったが、言ってよかった。なかなか高齢の人は自分にお金をかけようという気にならないようだが、やってみたいという気持ちは強いのだ。これからもお勧めしようと心にメモする。

ふと横を見ると、和喜田がこっちを見て微笑んでいた。目が合って、なんとなく目を逸らす。挨拶をして部屋を辞すれば、和喜田もついて出てきた。

「おまえ、どうやって行くつもりなんだ？」

歩きながら和喜田が訊いてきたので、ミサエと同じ方法で行くと答える。

「タクシーか。けっこうかかるぞ？」

「経費の範囲内だ」

お客様のためなら個人の裁量で使っていい経費がある。それで充分賄《まかな》えるはずだった。

「何時頃に行くつもりだ？　ミサエさんが出る時間なら、出るのは十時くらいか」

「そうだな、それくらいだな」

「おまえまさか、スーツで行かないよな？」

「は？　俺だって普通の服くらい持ってるよ」

ムッとして言い返せば、和喜田は笑って倉原の肩を叩き、去っていった。こういう小さなスキンシップはわりと多いのだが、きっと他意はない。

デスクに戻ってスパに予約をねじ込み、タクシーの予約もしてから帰途についた。

翌朝、ホテルの前からタクシーに乗る。行き先は予約の時に告げていたので、ドライバーも心得ていた。ホテルから一時間半ほどで到着。東京駅から車で一時間くらいという条件はクリアしている。

小高い丘の上に目的の神社はあり、表からだとかなり急な階段を登ることになるが、裏に回れば社殿のすぐ近くまで車で上がれた。こういうことは来てみないとわからない。

裏手の駐車場には、大型バイクが一台と軽自動車が一台停まっていた。運転手にはこのまま待っていてくれるように頼んでタクシーを降りる。

意外に立派な社殿を回って表に出た。風が木々を揺らす音だけが聞こえる静かな境内に人の姿はない。

ミサエは眼下に海が見えたと言っていたので、どこかから見えないかと周囲の玉垣《たまがき》伝いにぐるっと一周してみた。高い場所にあるので見晴らしはいいが、どこからも海は確認できなかった。少し曇っているせいもあるかもしれない。

しかし、参道から狛犬と拝殿《はいでん》を見てホッとする。たぶん、ここだ。

預かってきた写真をショルダーバッグから取り出し、アングルを合わせるために後ずさる。さらに少し横にずれると、ピタリとはまった。

「ここだな」

そう思った時に背後から声がして、ビクッとする。振り返ってさらに驚いた。

「な、なんでおまえ……」

黒革のライダースジャケットを着た和喜田がそこに立っていた。

「バイクを買ったから、慣らし運転に調度いい距離だなと思って。ツーリングだ」

「あ、そう……」

言いたいことはいろいろあったが、流すことにした。

「んなわけねえだろ。乗せていってやるって言っても絶対拒否されると思ったから、勝手に来た。そしてタクシーは返した」

和喜田はニヤッと笑う。

「……は!?　なんでタクシーを返すんだよ」

「料金や時間はもうわかっただろ？　帰りは俺が乗せてってやるよ」

「じょ、冗談。いや、タクシーはまた呼べばいいだけだ」

携帯電話を取り出せば、取り上げられた。

「変な意地を張るなよ。別にいいだろ。バイクに乗ってみたいって言ってたじゃないか」

「いつそんなこと……」

「ああ、酔ってて覚えてないか。乗せてやるって約束したのになあ」

言った記憶はないが、言っていないとも言い切れなかった。バイクに乗りたいと思っていたのは間違いない。

「男は乗せない主義だとか、おまえ前に言ってたじゃないか」

「おまえを乗せるのは問題ない。特別枠だ」

思わせぶりに笑うのは、きっとプレイボーイの条件反射みたいなもので、大した意味はない。そう自分に言い聞かせ、騙されるかとばかりに睨みつける。

「そんな特別はけっこうだよ。俺はおまえとは……」

「いいから乗れよ。ここまで来たのにひとりで帰るなんて、俺が可哀想だろう？」

「そんなのはおまえが勝手に……。とにかく、写真を撮るから携帯返せよ」

「俺が撮ってやる。ほら、あの写真と同じ場所に立って。比較対象があった方がわかりやすいだろ」

そう言われて仕方なくミサエたちが立っていたのと同じ場所に立ってみる。

「やっぱり髪は下ろしてた方がいいな。スーツじゃない私服がブレザーってのは意外性に欠けるが、ちょっと子供っぽく見えて……これはこれでいいかも」

携帯を構えてじっと見ているから、元の写真と位置を合わせているのかと思ったら、人の私服姿を観察していたらしい。

「おい、撮る気がないなら……」

「撮る撮る。お宝ショット……送信」

ひとりでブツブツ言いながら和喜田は写真を撮り、登録しといてやると言って勝手に携帯を操作する。しかし倉原はそのことよりこの後どうするかに気を取られていた。

タクシーを呼ぶのは、さすがに悪いような気がする。どういうつもりなのかはわからないが、自分を乗せようという気持ちがあっての行動だろう。拒否するのも子供っぽいが、素直に乗るとも言いにくい。

「昼飯の時間は過ぎてるが、海の近くに美味しい定食屋がある。行ってみるだろ？」

そう言われては乗るしかない。これは和喜田なりの気遣いなのだろう。深々と溜息をつき、「行く」と答えれば、和喜田がホッとしたように笑った。

その笑顔にドキッとしてしまう。なぜそんな嬉しそうな顔をするのか……。

バイクの二人乗りというのは、強引に二人の距離を近づける。後ろに乗ってみて、男は乗せない主義だという言葉が理解できる気がした。こんなに密着するなら、乗せるのは断然女性がいい。男に抱きつかれても嬉しくないだろう。

安全のためだと心で言い訳しながら、目の前の身体にぎゅっとしがみつく。黒い革に覆われた逞しい背中は安心感があった。

だけど胸がドキドキする。スピードによる高揚《こうよう》感だけではない。革ジャンを掴む手に力が入り、抜けぬまま目的地に辿り着いた。

「大丈夫か？　膝、震えてないか？」

和喜田はヘルメットを取ると、和喜田は心配そうにというよりは面白そうにそう訊いた。

「全然、平気だ」

どう聞いても強がりにしか聞こえない声で答える。バイクの乗り心地を楽しむ余裕などまったくなく、全身に力が入りすぎてバキバキだった。

海辺の定食屋は、海の幸がこれでもかと盛られた海鮮丼が驚きの安さだった。魚も貝も新鮮でぷりぷりして、どちらかといえば山育ちの倉原は、感動しながら食べた。この味は都会のどんな高級レストランでも出すことは難しいだろう。

「おまえは美味いものを食わせがいがあるなあ」

和喜田の視線を意識すると途端に落ち着かなくなった。これは仕事の一環だと自分に言い聞かせる。

定食屋を出て少し走り、和喜田は松原沿いの道にバイクを停めた。来いと言われて仕方なく付き従う。薄暗い松原を抜けると、一気に目の前が開けた。

白砂の浜とキラキラ輝く波、遠い水平線。海は広くて大きいのだと久しぶりに実感した。都会の中でぎゅうぎゅうに押し込められていた自分を感じ、深呼吸する。

「この辺りにはツーリングで何度か来たことがあるんだが、あんなところに夫婦円満の神社があるっていうのは知らなかったな。良縁の神様でもあるらしいけど」

こういうところに来ると小さいことは気にならなくなるのか、和喜田の言葉もすんなり耳に入った。

「へえ。だからミサエさんたちはわざわざこんなところまで来たのかな。実際、死ぬまで添い遂げたんだから、ご利益《りやく》はあったってことだよな」

絵馬はたくさん奉納されていた。形はAカップからEカップまでいろいろ……なんてことを言ったら罰が当たりそうだが、そういう形だとしか思えなかった。

海を見ながら和喜田と並んで立つ。まだ日は高いが、散歩している人も見当たらない。秋の砂浜は静かで、寄せては返す波の音が地球の呼吸のように聞こえる。

「ちゃんとお参りしたか？」

「お参りっていうか、明日ミサエさんが来るからよろしくってお願いしといた」

「おまえな、自分のことをお願いしろよ。良縁に恵まれますようにって」

「そういうおまえはお願いしたのか？　そろそろ落ち着けますようにって」

言った途端に田中のきれいな顔が脳裏をよぎった。元恋人でも現恋人でもないということは聞いたが、お似合いの二人を見るたびに意味もなく凹《へこ》む。どうも田中には気に入られたらしく、なにかと呼ばれるのも複雑な気分だった。

「ああ、した。キスしても、嫌われませんようにって」

声がすぐ近くで聞こえたと思ったら、首に腕が巻き付いてきた。顔を上げると唇が降ってきて、乾燥していた唇を濡れた唇が柔らかく包み込んだ。じわりとなにかが染み込んでくる。心まで潤って、温かく満たされていく。

唇が離れ、間近にある和喜田の顔に焦点が結ばれて、我に返った。

「なっ……」

カーッと真っ赤になったのは、自分が恥ずかしかったからだ。うっとりした顔をしてしまったかもしれない。

「ご利益あったな」

和喜田の優しい笑みがまた恥ずかしく、雰囲気に呑まれた自分が悔しくて、胸の中のいろんな想いを怒りにして和喜田にぶつけた。

「こういうことはするなって言っただろ！　キ、キスとかは、する前に言うべきことがあるだろ!?」

いきなり男にキスしてしまえる神経が倉原には理解できなかった。変にこじれたのはキスしてからだというのに、まるで反省していなかったようだ。

あの傷ついた顔は幻だったのか。

「言うべきこと？　今からキスするぞって？」

「違う！　それ以前の問題だ。キスっていうのは付き合っている男女がすることだろう。俺とおまえは付き合ってないし、男女でもない。ただの同僚だ」

「ああ、そういうこと。じゃあ、付き合うか。俺はおまえのことが好きらしい」

爽やかな笑みであっさりと言う。好きという言葉にはドキッとしたが、その言い方では真面目に検討する気にもなれない。

「らしいってなんだよ、らしいくらいでキスなんかするなよ。おかしいだろ⁉」

「でも、やってみないとわからなくないか？　キスして、セックスして、相性がよかったら付き合う。その方が確実だ」

和喜田が宇宙人に見えた。どうやら根本的なところから考え方が違うらしい。

「おまえ、本気で言ってるのか？　自分の気持ちに誠実なのはけっこうだが、相手の気持ちはどうなる⁉　おまえはいつもこんな、いきなりキスとかするのか⁉」

「キスするぞっていう雰囲気を出せば、だいたい察して目を閉じる。キスする時点である程度好きだってことくらいわかるだろ？」

「わかんねえよ！　普通は告白してＯＫもらってからキスするんだよっ」

「なるほどな。じゃあ付き合うのを前提に付き合ってくれ。おまえにキスしたいから」

「……おまえ、実は馬鹿だろ？」

怒りを通り越して呆れる。この歳までそれでやってこられたなんて、世の中は顔のいい男に甘すぎる。察して目を閉じるとか……まさかそれが普通なのか？　キスしたいから付き合ってくれ、なんて告白があるのか？

「ダメか？」

「ダメに決まってるだろ！　そもそも俺は男だ。おまえと付き合うとかないから」

足に絡みつく砂を、蹴散らす勢いで歩き出す。

――和喜田から、好き……かもしれないと言われた。キスしたいと言われた。

曖昧な告白に憤りながら、どうしようもなく昂揚してしまう。軽くて最低な男だと思うのに、どうして嬉しいなんて思っているのだろう。

告白までふわふわと軽いし、全然理解できないし、合わないとわかっているのに――。

「おまえが男だなんて、そんなのは百も承知だ。それでもキスしたいと思うんだから、たいがいだと思わないか？　美紀よりおまえがいいって言ってるんだぞ？」

「だからなんだよ。恩着せがましいな。俺は……嫌いだって言っただろ」

内心ビクビクしながら声を絞り出した。嫌いという言葉を投げるのがどんどん苦しくなっている。それが自分に誠実でない言葉だともうわかっているから。

「言われた。嫌っていいと言ったのは俺だけど、避けられまくってけっこうキてた時に言われたのは、かなりこたえた。でもさ、おまえ……」

和喜田は倉原の後ろから手を伸ばし、その身体を自分の腕の中に抱き込んだ。

「わりと俺のこと好きだろ？」

耳元で囁かれて、倉原はカーッと真っ赤になる。

「ふ、ふざけんな！　どんだけ自信家なんだ。なんでもおまえの思い通りになると思ったら大間違いなんだからなっ」

勢いで怒鳴りつけ、身を捩って離れようとした。しかしなかなか抜け出せず、そのうち自分でも本気で逃げる気があるのかどうかわからなくなる。

本当はずっとこの腕に捕らわれていたいのではないか。この場所を誰にも渡したくないと思ってはいないか……？

倉原が抵抗をやめると、和喜田は拍子抜けするほどあっさり手を離した。

「帰り道に温泉街がある。そこに足湯《あしゆ》があるんだ。ミサエさん、足も痛いとか言ってたよな。寄ってみるか」

そんなことを言って、さっさと先に立って歩きはじめる。

やっぱりからかわれているだけなのだろうか……。それでもかまってもらえるのが嬉しいと思ってしまう自分が悔しい。避けられたのはかなり効いていた。和喜田も同じ気持ちだったのなら悪いことをしたと今さら思う。

海辺を歩く男の後ろ姿は憎らしいほど絵になっていて、並んで歩く勇気がでなかった。

あまりにも和喜田と田中が似合いすぎるのだ。

モヤモヤした思いを砂にぶつければ、足下に小さな穴ができて、すぐにさらさらと埋まる。

蟻地獄にはまっていく自分を見た気がした。呑み込まれれば待っているのは地獄。だから抜け出そうと思っていたのに、気づけばずるずると呑み込まれていた。それでも和喜田も一緒ならいい。だけど和喜田はひとりでふわふわと行ってしまいそうな気がして……。掘った穴を塞いで、ぎゅっぎゅと踏み固める。しかし砂は手応えもなく形を変えて足にまとわりついた。

バイクに戻り、タンデムシートにまたがる。和喜田の腰に手を回せば、もっとしっかり掴まれとばかりに腕を引き寄せられた。

こんなことくらいでドキドキするなんて、ものすごく不本意だ。

温泉街で足湯に寄り、そこで夕飯もとろうということになる。倉原はおとなしく連れ回されながら、自分の気持ちに戸惑っていた。

「どうした？　なんかおとなしいけど」

高級旅館に付随する和食レストランに入って、名物だというそばを頼んだ。建物は黒い漆塗《うるしぬ》りの高欄《こうらん》が印象的な格調高い造りだったが、そばの値段は良心的なものだった。

食事が来るのを待っている時間が一番困る。向き合ってなにも話さないのは気詰まりだ。

「俺は元々、愛想もないし口数も多くない。基本的にインドアで暗い奴なんだよ。一緒にいても楽しくないだろ」

　肯定されても落ち込むだけの問いを、それでもせずにいられなかった。

「楽しくなかったら、今俺はここにいない。機嫌が悪いなら、ホテルでのおまえと普段のおまえが違うなんて承知してるし、違っていてほしい。俺の前では機嫌の悪い顔をしていればいい。嫌いだと言われても、もう引かないから」

　じっと見つめられて、ずるい顔だなと思う。徐々に近づいてくるのであれば、自分も目を閉じてしまうかもしれない。

「なんでおまえみたいのが、俺みたいのにかまうんだよ。俺には全然わかんないよ」

　しみじみと訊いた。単純に、純粋にわからない。

「俺みたいとか、おまえみたいとかじゃない。俺とおまえだ。俺がおまえをかまいたいからかまってる。俺は基本的に独りでいる方が楽な人間だけど、おまえとは一緒にいたいと思う。なんか……気になるんだ」

「それは俺が頼りないからか？　おまえはどうも、俺のことを誰かと重ねているようだが、俺はその人とは違うぞ」

　自分ではない、自分のような誰かが和喜田の中にいることを思い出した。

「わかってるよ。最初は確かに重ねていたかもしれない。似てると思ったから気になったし、見てて苛々したり心配になったりもした。お客様第一で真面目で、いつも必死で……無理をしても人のために尽くす。でもそれはおまえにとって、やらなければならないことじゃなくて、やりたいことだった。心から仕事が好きで楽しんでいるんだってわかった。頼りないなんて思ってねえよ」

和喜田が珍しく真面目な顔で、真摯な言葉を口にした。少し嬉しくなって、緩みそうになる顔を引き締める。

「それなら、いいけど……」

「でも、今でも時々、心配にはなるよ。前とは全然違う感情だけどな」

和喜田はふわっと笑ったけど、軽さは感じなかった。優しい表情だった。

「それはどんな……」

感情なのかと訊こうとしたのだが、

「はい、名物の十割そばです。ざるはどちらですかー？」

明るい声が割り込んできて、口を噤んだ。料理が置かれる間は互いに無言で、店員がいなくなっても前の会話を再開する糸口は掴めず、ずるずるとそばをすすっていると、なんだか気が抜けてしまって重い話をする気になれなかった。老人受けの良さそうな味と店だな……などと、そんな話題に終始する。

店を出てバイクに乗れば、あとはもう帰るだけだった。

バイクという乗り物は会話ができない。互いを感じながらただ走るだけ。それはとても心地よく、難しく考えることを放棄してずっとこうしていたいと思った。

でも、如月が言っていたように、和喜田とはもっとぶつかってみるべきなのだろう。摩擦を恐れずに。

始めてみなくてはわからないという和喜田の言い分もわからないではないのだ。しかし、キスやセックスをしてから、という考えにはどうしたって同意できなかった。

考え方が古いのは承知しているが、互いをよく知りもせずに寝て、そこからお付き合いを考えるなんて倉原には無理だった。同性という高いハードルもある。

男同士だからこそ重く考えてもしょうがないのかもしれない。結婚できるわけでもないのだから適当に楽しめばいい。そう考えてみても、やっぱり気軽に踏み出すことはできなかった。

男しか好きになれないわけではないのに、なぜ和喜田なのだろう。和喜田だってゲイではないはずで、それならなぜ自分なのだろう……。

物珍しいから。今だけの気まぐれ。気持ちがなくなったら次に行けばいい。和喜田はそう思っているのかもしれない。

でも今この時、ゲイでもない男同士が惹かれ合うなんて奇跡みたいなことが起こっているのだから、これはもう運命だと思って乗っかってしまえばいい。気持ちが離れるまで割り切って楽しめばいい。そう背中を押す声が自分の中から生まれる。

いつもの自分なら、そんな刹那《せつな》的な感情で付き合ったりはしないけど、今頬に触れている背中を、腕の中にある身体を、離したくないと強く思っている。一瞬でもいいから自分のものにしたい。

雨だ。

バイクのスピードが上がり、ぎゅっと強くしがみついた。しばらく経ってから、和喜田がスピードを上げた理由がわかった。

倉原は横ばかり見ていたが、行く手には暗雲が垂れ込めている。ぽつぽつと身体に当たりはじめたと思ったら、一気に滝のようになった。

いわゆるゲリラ豪雨。あっという間にびしょ濡れになる。もう雨宿りしてもあまり意味はないが、二輪車で濡れた道を走り続けることは危険に違いない。

だけどなぜか不安や恐怖は感じなかった。それは、砂漠のラリーも走破したという運転技術のたまものか。それとも和喜田を信じているのだろうか……。

赤信号で停まった時、和喜田は後ろを向いて、

「もう少しだけ我慢しろよ」

と、雨に負けない大きな声で言った。倉原はうなずく。

濡れる不快感やスリップを危惧《きぐ》する気持ちより、この時間が終わるのを惜しむ気持ちの

方が強かった。終わったら、もう二度とないかもしれない。

　ホテルまではあと十分ほどというところで、バイクはあるマンションの地下へと走り込んだ。奥まったところにある駐輪場にバイクを停めてエンジンを切る。

「大丈夫か？」

「ああ、大丈夫だ。ここって……？」

　バイクから降りてヘルメットを脱ぎ、周囲を見回した。ごく一般的な地下駐車場。

「俺んちだ。とりあえず、上がっていけ」

「え？　あ、うん……でもここからだったらうちまで歩けないこともないし……」

　歩いてホテルまでなら三十分弱、家までなら一時間かからないくらいだろうか。

「いいから来い。それじゃタクシーにも乗れないぞ。変な遠慮をするな」

　変な遠慮というより、意識しすぎているだけだった。それがばれるのも恥ずかしい。男友達だと思えばいいのだと、自分に言い聞かせ、エレベーターで八階に上がる。このマンションの最上階だ。

「これって本革か？　はやく拭かないと……」

　倉原はごそごそとバッグからタオルを取り出して和喜田の革ジャンを拭こうとしたが、取り上げられる。

「こんなのはいいんだよ。自分を拭け。冷えただろ？」

首筋から胸の辺りを拭かれる。顔はフルフェイスのヘルメットだったのであまり濡れていない。それ以外はぽたぽたと水が滴り落ちるほどずぶ濡れだった。今さらタオル一枚でどうにかなるようなものではない。革を気遣ったというより、なにかしていないと間がもたなかっただけだ。

「脱げ」

玄関を入ったところで言われて、とりあえずその場でジャケットと靴下を脱いだ。

「全部脱げよ。そこが風呂だから」

指さされたのは廊下の二つ目のドア。

「風呂で脱がせてもらってもいいだろうか」

「更衣室でいつもパンツ一丁になってただろうが。今さら意識してるのか?」

ニヤニヤと言われて睨みつける。

「初めて来た人んちの玄関先でパンツ一丁になる図太い神経は持ち合わせていない」

「はいはい。じゃあそのままどうぞ。脱いだらシャワー浴びろ。着替えは用意しておく」

いろいろと遠慮したい気持ちは込み上げてきたが、もうこうなっては行くしかない。おとなしくバスルームで素っ裸になり、シャワーを浴びた。

お湯の温かさにホッとする。思った以上に身体は冷えていたらしい。運転していた和喜田は直接風を受けてもっと冷えているだろうと、早めに切り上げた。

脱衣所にはタオルと新品の下着、薄手のトレーナーが置いてあったが、ズボンの類《たぐい》が見当たらない。とりあえず身につけてみたが、やっぱり足りない。

トレーナーのサイズが大きくて、太腿《ふともも》の辺りまで隠すのが妙に恥ずかしい。スースーして心許《こころもと》ないが、今さら恥じらってもしょうがないと、そのまま出た。

「コーヒー飲めよ」

和喜田は何食わぬ顔で、三人掛けの大きなソファの真ん中に座ってコーヒーを飲んでいた。自分はTシャツとスウェットパンツというごく普通の部屋着に着替えている。倉原の格好に関するコメントはなしだ。

「俺にもパンツを寄こせ」

「パンツ？　なに、穿いてないのか？　置いておいたのに」

そんなことを言いながら、手を伸ばしてトレーナーの裾をめくろうとする。

「ち、違う！　おまえわざとやってるな!?　なにかズボンを寄こせと言ってるんだ」

「まあまあ、座れよ。なんでまた眼鏡かけてんの？　そんなに視力悪い？」

「悪い」

本当はなくても日常生活に支障はない。免許証の更新には引っかかるかも、という程度だ。しかし外すわけにはいかない。抱いてほしかったら外せと言った男の家なのだ。二人きりなのだ。

「おまえもシャワー浴びてこいよ、冷えただろ」

「んー、着替えたらわりと温まった。ほら、ここ座れよ。ズボン取ってきてやるから」

和喜田の隣を指され、とりあえずそこに座る。足を揃えるのも嫌だが、広げるのも抵抗があった。喉の渇きを感じてマグカップに手を伸ばし、一口飲んだら視線を感じた。

「やっぱ、なんかいいな。ここに人を入れるのは久しぶりだが、今までで一番自然にはまってる」

和喜田はにこにこと機嫌がよさそうだ。

生足の男が座っていて、はまっているもなにもない。今までで、なんて、わざと言っているのだろうか。妬かせたいのか優越感を抱かせたいのか。比較対象が女性だと思うと、倉原はただ気分が悪くなった。

「男だから汚い部屋でも浮かないだけだろ。ていうか、さっさとズボンを……」

「汚いか？　これでもわりと片付いてる方なんだが。おまえの部屋はきれいそうだな」

確かに、床に雑誌や新聞が雑然と積まれていたり、テーブルの上にリモコンが無造作に置かれていたりするものの、汚い部屋ではなかった。

ただなにかしら文句を言いたいだけだ。

「ズボンを貸す気がないなら、俺の濡れたズボンをくれ」

「濡れたのは乾燥機に突っ込んだ。貸すのはいいけど、すぐ帰るって言わないか？」

「言うに決まっている。明日も仕事だ」

「うーん、でも俺は帰したくない」

そう言って覆い被さってくる。

「お、おい！」

座面に押し倒され、上に大きな身体が被さってきた。ソファは普通よりも座面が広く、寝転んでも窮屈《きゅうくつ》な感じはしない。さては、それ用か!?　などと思ったら、今の自分と過去の女性が重なって、ますます気分が悪くなった。ここでこうやって組み敷かれて、胸を高鳴らせた女性がどれくらいいるのか。

はっきりと嫉妬を感じて、逃れようと身を捩る。しかし密着した体温の低さに気づいて動きが止まった。

「おい、おまえやっぱり身体が冷たいぞ。シャワー浴びて来いよ」

心配が嫌悪感や危機感を上回った。しかし、

「こんな時でも優しいね、倉原は。でも嫌だ。逃げるから」

和喜田は子供のように言うと、倉原を胸に抱き込んでぎゅうっと拘束した。

「じゃ、じゃあ、おまえが出てくるまでいるから。こういうことをしないなら、逃げない」

「……俺はこういうことを、したい」

なぜそこは適当にごまかさないのか。そんなにはっきり、したいと言われたら、ここにはいられない。

「俺は軽い男だが、嘘はつかない。今、すごくおまえを抱きたい。離したくない」

和喜田の指がうなじを滑ってゾクッと身体が震えた。

「む、無理だ。俺はそんなこと……できない」

目の前の身体を押し戻そうとするが、うまく力が入らない。

「できる。俺にすべて任せればいい。頭で考えず、五感だけを働かせてみろ。身体で感じて、それから考えても遅くはない。後悔はさせないから、俺を試してみろよ」

和喜田は額がつくような近さで、提案してきた。それはもう提案というより、懐柔とか懇願とか言った方が正しいかもしれない。和喜田らしくもない余裕のない態度が、おまえが欲しいとわかりやすく伝えてくる。

応えたい気持ちもある。しかし――。

和喜田の手が眼鏡のフレームを掴み、引き抜かれそうになって、その手ごと止めた。

「おまえには玄関から外に出る程度のことかもしれないけど、俺には清水《きよみず》の舞台から飛び降りるくらいの覚悟が必要なんだ。頭で納得しないと動けない」

人間だって動物だから、頭で考えるより本能が正しいこともあるだろう。しかし、そう思ったからといって、すぐに頭が切り替えられるほど柔軟な人間ではない。

堅いのだ。重いのだ。性格も、考え方も、腰も。きっと和喜田には想像もできないほど、いろんな条件をクリアしないと一歩が踏み出せない。

「厄介な性格だな」

「厄介なんだよ。でもそれが俺だから」

「俺がこのまま、おまえを抱き上げて清水の舞台から飛び降りたら……どうする？」

「それは……なすがまま、だな。力でおまえに勝てる気はしないし……。でも俺は、俺の気持ちを蔑ろにする人間を好きになることはない。それでいいなら、好きにすればいい」

和喜田の手から手を離し、真っ直ぐに見つめる。押し切られたい気持ちがないわけではないが、まだダメだ。今それをされたら、和喜田を心から信じることはできなくなる。

さあ、どうする？　と目で問いかければ、和喜田は深々と溜息をついて、倉原の眼鏡から手を離した。

「マジかよ……。この状態で止まれとか、ないだろ……鬼か」

苦しげに言って、また倉原の身体をぎゅっと抱きしめる。身体はもう熱いほどだった。

「おまえが言ったんだ、自分の前では無理しなくていいって。俺の頭でっかちは年季が入ってるから、身体に引きずられて決断が覆ることはない。意地でもそれはない」

言いながら、本当は怖かった。こんな面倒くさいことを言ったら嫌われるかもしれない。愛想尽かされて、もう二度とチャンスは巡ってこないかもしれない。

それでも和喜田を信じたかった。信じさせてほしかった。

「クッソ……俺が折れるのかよ……」

不本意でしょうがないという声音。手は離れないし、身体は尚のこと密着してくる。どうにかならないのかと問うように。

「和喜田……」

密着に耐えられずもぞもぞと動いたら、さらにきつく抱きしめられた。

「ちょっと黙ってろ。そして動くな。こんな衝動を覚えるのも初めてなら、止めろと言われたのも初めてなんだ。なけなしの理性を総動員してるんだから……おとなしくしてろ」

「なんで、俺なんかにそんな衝動……」

「知らねえよ。俺はこういうこと頭で考えてこなかったから。理由なんかなくても、どうしようもなくそいつに向かって感情が突っ走る、そういうのを恋っていうんじゃないのか？」

「恋……」

そんな単語が和喜田から自分に向かって発せられるなんて、人生はなにが起こるかわからない。

和喜田は倉原を抱きしめたまま、もう何度目かの溜息をついて、静かに口を開いた。

「倉原、今から萎える話をする。おまえと似てるって言ってた奴、あれは俺の死んだ父親だ」

「……え……」

「俺が十二歳の時に死んだんだけど、ホテルマンだったんだよ。とにかく真面目で、客のために誠心誠意って頑張りすぎて、どんどん追い詰められて……。父は婿養子《むこようし》で、母の父に認められたいって気持ちも強かったんだろう。結局事故で死んだんだが、過労で信号を見落としたんじゃないかって話だった。それでまあ、頑張りすぎるのも考えものだって、息子はこうなっちまった。……なあ、ちょっとは流されてみようって気にならない？」

和喜田は冗談めかして耳元で囁いたが、さっきまでの必死さはもう感じられなかった。

「俺にとっては頑張らない方がストレスなんだ。お父さんもそうだったんじゃないか？事故の理由は憶測だろ。最後まで頑張って逝《い》かれたのなら、誇ってやればいいじゃないか」

倉原の言葉に、和喜田は少しの間黙り込んだ。そして少し、力が抜ける。

「そうだな。おまえ見てると、一生懸命も悪くないって思えるようになってきた。母親が……母親もその三年後に病気で死んだんだが、言ってたことを思い出したよ。『あなたは遠くから見てたからわからないのよ、頑張ってる人ってとてもチャーミングなのよ？ぎゅってしてあげたくなるの』てな」

後頭部を撫でる和喜田の手つきが優しくて、なんだか恥ずかしくなった。できれば離してほしいが、そう言える雰囲気でもない。

「男前なお母さんだったんだな」

「ああ。弁護士でガンガン仕掛けていくタイプで、俺とはよくぶつかってたけど、今思えば似てたからだったのかもしれないな」

和喜田が軽い男になったのは、どんなに頑張っても死んだら終わり……という考えが、思春期の頃に強烈に擦り込まれてしまったせいなのか。気を抜いてやっても、そこそこできる優秀さがそれに拍車《はくしゃ》を掛けて、なにをするにしても片手間、みたいな男ができあがったのだろう。

熱くなれることが見つからないのは、心のどこかで恐れていたのかもしれない。父親のようになることを――。

「おまえも見つかるといいな、頑張りすぎるくらい頑張れること」

「いいのか、そんなこと言って。今目の前にすごく頑張りたいことがあるんだが……必死で抑えてるっていうのに」

「こ、こういうのじゃなくて、仕事とか、趣味とか……」

「はいはい。今日はとりあえずこれで妥協してやる。だからこのまま、じっとしてろ」

そう言って和喜田は体勢を入れ替え、自分の上に倉原をのせて抱きしめた。

和喜田の胸に頬をつけ、縋りつくような姿勢のまま動けなくなる。

相手の胸の方がたくましいのが、嬉しいような悲しいような。強い腕に抱きしめられているのが、安心のような屈辱なような。複雑な気分だった。

しかし、妥協と言われては譲歩しなくてはならない気がしてしまう。一番肝《きも》のところは自分の意見を通してもらったのだからと、おとなしくしておくことにする。

しばらくとはいつまでなのか。和喜田が寝てしまったように動かないから、倉原もそっと目を閉じてみた。

心音と体温。ゆっくりと上下する胸。その生命活動に次第に同調していく。

ゆりかごに揺られているような安心感と幸福感に包まれ、眼鏡つけたままだな……と思った時にはもう眠りの中に落ちていた。

いい歳をした大人の男が抱き合って、なにもなく朝を迎えるというのはかなり恥ずかしい。なにかあった方がまだ恥ずかしくなかったのかもしれない。

しかし、なにもない夜が二人の間になにかを生んだ。二人の心そのものを組み変えたように感じるのは気のせいだろうか。互いを見る目が昨日までとはなにか違う気がする。

表面上は、和喜田はずっとニヤニヤして、倉原はずっと不機嫌な顔をしていた。

ひとつだけ和喜田が不満そうだったのは、和喜田が離れている時に倉原が目覚めて、外されていた眼鏡を装着していたことだ。

「俺はおまえが目を覚ますのを楽しみに待っていたのに」

「そんなに期待するようなものじゃない。眼鏡がなくても俺の顔は大して違わない」

「いいや、絶対可愛いね。美紀には見せようとするからむかついたんだ。おまえはあいつにあんまり関わるな」

「そうも言ってられないだろ。大事なお客様だ。……さ、触るな馬鹿っ」

和喜田は眼鏡に向かって伸ばした手を、頬に移動させて首筋までイヤらしく撫でた。

「おまえが早くその気になって自分から眼鏡を外すよう、最大限努力する」

耳元で囁かれてゾクゾクする。こういうのはまったく慣れない。

「し、しなくていい」

ハエでも払うように手を振ったが、和喜田は笑っていた。

「早く清水からでもどこからでも飛び降りろよ。ちゃんと受け止めてやるから」

「なんか偉そうだな。上から目線がむかつくんだよ」

「ああ？　下からだろ？　飛び降りるのはおまえなんだから」

「屁理屈《へりくつ》だ」

言い合いながら少しホッとしていた。変わったけど、変わってない。なにかが違うけど、大事なところはそのまま。でも少し距離は近づいた。少しずつの変化が、倉原にはちょうどいい。和喜田にはかなり焦れったいだろうが。

仕事があるので和喜田の車で家まで送ってもらい、スーツに着替えて同伴出勤した。

「ミサエさん、おはようございます。楽しんできてくださいね」

ミサエは昨日のスパで身も心も若返ったと言って、階段も歩いて上れると意気軒昂《いきけんこう》だ。

「ありがとうねえ、倉原さん。わざわざ見に行ってくれて。都会のホテルはすごかねー。夢の国のごたる。お姫様になった気分たい」

「はい、私にはお姫様に見えますよ」

「あらー、きれいか顔して口のうまかねぇ」

タクシーをチャーターするつもりだったのだが、急遽運転手付きの車に変更された。

「では行ってくるよ。歳上の女性とのデートなんて、久しぶりだ」

「よろしくお願いします、支配人」

老婦人をひとりで行かせるのは不安なので、誰か付き添えるスタッフはいないかと募ったところ、申し出たのが支配人だった。

このホテルで一番暇なのは自分だ、と買って出られてスタッフはみな困惑した。しかし、このホテルで一番女性のエスコートが巧いのも自分だ、と言われて止める気もなくなった。

「よくやるな、あのおっさん」

和喜田はさわやかな笑顔でミサエに手を振りながら、支配人をおっさん呼ばわりした。たぶん支配人本人がそれを聞いていたとしても、きっと怒らないだろう。笑って流すに違いない。器の大きな人なのだ。

「憧れるよ、俺はああいう人になりたい」

「それは、ホテルマンとして？　男として？」

「ホテルマンとして。人としても尊敬してる。おおらかで優しくて、でも締めるところはビシッと締める。トップが素晴らしいから、このホテルは素晴らしいんだ。サービスの父と言われた創業者から、連綿《れんめん》とそのおもてなし精神を受け継いで……」

「はいはい。そのご高説《こうせつ》はもうけっこうだよ。おまえが見習うべきはあの適当さだな。やる気になったらいつでも言えよ？　どこででも対応してやるから」

せっかくホテルマンの理想を語っていたのに、いやらしい顔に汚された気分だ。

「仕事中にそういうこと言うな。やるとか下品だ」

和喜田は相変わらず軽い。でも、待ってくれている。

その日の夕方になって、朝から一緒のシフトだった紺野が倉原に言った。

「倉原さん、今日はなんか生き生きしてますよね。表情が明るいっていうか。なにかいいことありました？」

「は？　生き生き？　それは俺がいつも死んだような顔をしているっていう指摘か？」

「ち、違いますよ。なんかこう、オーラが明るいって言うか……いや、倉原さんはいつも素敵ですよ？　素敵ですけどさらに……」

「そんなフォローはいらない」

冷たく言えば、紺野は悄々《しょうしょう》となった。ちょっと可哀想だったかなと思う。

図星を突かれて気まずかったのだ。気を引き締めているつもりでも浮かれていたのだろう。心の奥がなんだかふわふわしているのは認めざるを得なかった。

和喜田と寝たいかというと、それほどでもないのだが、好きかと訊かれたら、好きだと答える他ない。両想いだと思えば嬉しいが、それが長い幸せに結びつくとは思えなかった。

男同士で付き合って、いったいどんな未来があるというのか。

冒険や変革を望む性格ではなく、道徳観念も普通より強い倉原にとって、人に言えない関係はかなりハードルが高い。だけどもう恋心を煩悩として消し去る気にはなれなかった。

それから一週間は表面上何事もなく過ぎたが、倉原の中では変化が起きていた。

和喜田も倉原も基本的に忙しい。会えない日が続くのは珍しいことではなかったが、日を追うごとに募る会いたい気持ちを倉原は持てあましていた。

そして、和喜田が来られないなら、自分が行けばいいのだ——と気づく。自分から行動しようとするのは初めてで、まずは頭の中でいろいろと考えた。

仕事の邪魔はしたくない。営業部に行って顔を見るだけならいいか、と考えるが、それはあまりにも不自然すぎる。そもそも和喜田はホテル内にいないことの方が多い。今は田中の映画の関係もあって、余計に外出が多かった。

自分には会わなくても、田中とは会っているのかと思うと、仕事だとわかっていてもモヤモヤする。恨み言を言うくらいなら会わない方がいい。

しかしやっぱり会いたくて、食事に誘おうと考えるが、自分から誘うことには躊躇いがあった。まだ抱かれる覚悟は決まっていない。ただ顔を見て話がしたいだけなのだ。

心は日々うつろう。和喜田とデートなんて、少し前ならありえないと一笑に付していた。

いつの間に和喜田をこんなに好きになったのだろう。本当に嫌いだったのに、からかわれないと寂しいなんて思う日が来るとは……。

それでもやっぱり衝動的に動くことはできず、頭の中でああでもないこうでもないと考えるばかりだった。

幸か不幸か倉原は、呑気《のんき》に悩んではいられない事態に陥っていた。

「クラハラ、パンツのプレスが甘いんだ。こんなんじゃ礼節を重んじる日本人にだらしない奴だと思われてしまうよ!? 細かいことをチクチク言うのが日本人は得意なんだから」

チクチク責められて頭を下げる。

「申し訳ございません、ケイン様。すぐに手配いたします」

クラブフロアに長期滞在しているアメリカ人ビジネスマン、マイケル・ケインからの嫌がらせのような依頼責め、クレーム責めは、なぜか倉原に集中していた。

金髪に白い肌、暗めの青い瞳。ケインは童話に出てくる王子様のような外見をしていたが、歪んだ性格が表情も歪めていた。笑うと片方の口の端だけがクイッと上がる。それはどうも人を馬鹿にしているように見えた。

そのせいでもないのだろうが、どうやらケインは日本での商談がうまくいっていないらしい。それを日本人の民族性のせいにして、捌け口になぜか倉原が選ばれた。他の人間が対応に行っても、クラハラはどうした、と言われるらしい。

「あの人ちょっと心病んじゃってますよね？」

ケインのクレーム対応から戻ってきた倉原に、紺野がそう声を掛けてきた。

「それだけ大変な仕事なんだろう。俺に当たってストレスが発散できるならいいさ」

これも仕事のうちだと割り切るしかない。

「倉原さーん、立派すぎますよ。ぶっ倒れないでくださいね」

「そんなに柔《やわ》じゃないよ」

しかしながら、この攻撃はケインが来てから一週間、毎日続いていた。最近は難癖《なんくせ》つけるものがなくなったのか、重箱の隅をつつくようだったクレームが、重箱に自ら傷を付けるようなものに変わっていた。確かにどこか病んでいるのかもしれない。

それ以外でも、なにかと難題が多くて和喜田の顔を見ることもままならなかった。

客に向かってキレるということはないと思うが、紺野が言ったように自分が倒れることはあるかもしれない。そんな弱気も込み上げてくる。しかしそんなことで倒れたら、和喜田にそれみたことか、と呆れられてしまうだろう。

やっぱり一生懸命になってもろくなことはない……なんて思ってほしくない。

和喜田も映画の関係で広報の仕事まで手伝わされて、忙しく飛び回っていた。一度、田中と二人でラウンジにいるのを見かけたが、とても楽しそうだった。恋愛感情はないと言っていたが、なぜないのかと逆に問いたくなる。自分の中の卑屈の虫がざわめくのだ。あんなきれいで性格もよくて料理までできる女性に勝てるわけがない、と。そのせいもあって、未だに自分から和喜田を誘えないでいる。

「く、倉原さん……1709号室のケイン様がお呼びです」

紺野が申し訳なさそうに言った。別に紺野のせいではないのだが。

倉原は零れそうになった溜息を呑み込み、すでに行き慣れてしまった部屋へと向かった。

深夜のエントランスホールは静かだ。全体の照明も暗めにしてあり、見上げたシャンデリアの光が、星のようにも見える。

きれいだなあ、とぼんやり眺め、地上に視線を戻せば、デスクの上には電子辞書と書類というロマンのない現実があった。いろんな頼まれごとをされる中でも、英文の和訳は得意分野だ。本来、ガリ勉タイプなので机に向かって黙々とやるのは嫌いじゃない。

嫌いではないのだが――。

倉原は溜息をついて入力途中のパソコンに向かった。

フロントの深夜勤スタッフは、客室に加湿器を届けに行ったまま。人が来れば倉原が対応することになるが、その気配もなかった。

倉原の今日の勤務は二十二時で終わりだった。本来このデスクにいるはずのコンシェルジュは、体調が優れないようだったので横になることを勧めた。どうせ自分がいるのだから無理をすることはない、と。

「なんでまだいるんだ?」

訊きたかった声に、ハッと顔を上げれば、見たかった姿がそこにあった。身体から力が抜けるような感覚に、自分がどれだけその存在に支えられているかを知る。

「ちょっと頼まれごとをして。手こずってる」

大したことではないけど、という言い方をしたのだが、和喜田は眉間にしわを寄せた。

「例のアメリカ人か?」

「なんで知ってるんだ?」

「だいぶ噂になってるし、紺野にも聞いた。このままじゃ倉原さんがぶっ倒れちゃいますよ! って、かなり怒ってたぞ」

「あいつは大げさなんだ。ただ、なんでか知らないけどすごく気に入られちゃったみたいで。俺じゃないと嫌だ、なんてコンシェルジュ冥利《みょうり》に尽きるよ」

「なんだ、そいつ。ゲイなんじゃないのか?」

和喜田は倉原の隣に仁王立《におうだ》ちすると、ここにはいない相手を睨みつけた。

「違うよ。ロスの系列ホテルの常連さんで、結婚式もそこで挙げてるし。どうも商談がうまくいってないらしいんだ。鬱憤《うっぷん》が溜まってるんだろ」

「そんなのは適当にあしらえよ。って、できるわけないか」

「お客様はお客様だ、あしらうなんてしない。そういえば、おまえは田中様と楽しそうだったな。美女と仲良しで手料理まで食べさせてもらって、男冥利に尽きるんじゃないのか？」

嫌味のように言ってしまったのは、ストレスが溜まっていたせいかもしれない。

「まあ、おまえに嫉妬されるのは悪くない気分だが、相手があれじゃあな。手料理っていったって、毒味《どくみ》みたいなもんだ。あいつはバーの晴香と同じ匂いがする」

顔を覗き込むようにされて、おもわず避けた。モラル的な理由からではなく、思わず縋ってしまいそうな気がしたからだ。弱っている時には放っておいてほしい。

「ただきれいなだけの顔なんて三分で飽きる。俺はおまえの顔が見たくてうずうずしてた」

言われ慣れない言葉に頬が熱くなり、うつむきながら眼鏡のブリッジを押さえて顔を隠す。

「俺の顔は見るたびにむかつくらしいぞ？　そういう意味では飽きないのかもな」

「それもあのアメリカ人か。むかつく奴だな。大丈夫なのか？　おまえ顔色悪いぞ？」

「大丈夫だよ。ミサエさんみたいに一生の思い出だって喜んでもらえることもあれば、憂さ晴らしの対象にされることもある。人の想いを受け止めるのが俺の仕事だから。いいことばっかりじゃないのは当然だ」

「そうだろうけど。ちょっと肩の力を抜け」

そう言って和喜田は倉原の肩を揉《も》んだ。

「おいっ、こんなところで」

倉原は慌てて逃れようと肩を揺らしたが、和喜田は肩揉みをやめない。

「疲れた同僚の肩を揉むくらいいいだろ。やらしいことしてるんじゃなし。まあ、意外に細くて、ちょっとグッと来たけどな」

「馬鹿か。細いのがいいなら女の人の方が……」

言いかけてやめる。今のはちょっと卑屈だった。

「意外にってとこがポイントなんだよ。女の肩が細いのなんて当たり前だし、いっそたくましい方が意外性があっていいかもな」

和喜田の好みが一般的でないということはよくわかった。あえて茨《いばら》道を行くチャレンジャーなのだろう。でなければ自分が選ばれることもなかった。

「和喜田、おまえも英語喋れたよな？　この単語ってわかるか？　どうも専門用語みたいなんだけど」

肩を揉むのをやめてほしいような、ほしくないような。あえてやめろとは言わずに相談を持ちかけてみる。和喜田は肩に手を置いたまま前屈みになって書類を覗き込んだ。

「ん？　ああ、これは固有名詞だろ。このままでいいと思うんだが……」

耳に唇が触れてビクッとする。文句を言おうとしたが、なにか？　みたいな顔をされて言い淀む。偶然当たっただけなのかもしれない。

「わかった、ありがとう。おまえもこんな時間まで仕事だったんだろ？　早く帰って寝た方がいい」

「せっかく久しぶりに二人きりなのに？」

「職場で二人っきりもなにもないだろ」

「だからそのガッチガチをちょっと緩めろよ。根詰めすぎると、ある日ポキッと折れるぞ」

「俺はそんなに柔じゃ……いや、ありがとう。気をつける」

突っぱねようとして、和喜田の父親の話を思い出した。柔だから折れるわけじゃない。和喜田の中には頑張る人間に対する恐怖心のようなものがあるのかもしれない。

「倉原、ちょっと外せないか？　おまえ、本当はもう仕事終わりなんだろ？」

なぜか急にそわそわと和喜田が言った。

「なんだ？　見ての通り、誰もいないから外せない。佐藤《さとう》さんは具合が悪くて寝てるんだ」

「ちっ。素直な倉原なんて、可愛くて抱きしめたくなるだろ」

舌打ちをしたかと思うと、肩にあった和喜田の両手が前に滑って胸の前で交差した。

「お、おい！　こういうのは――」

ダメだと思うのに、身体が重くて動かない。動きたくないだけかもしれない。

そこに、ポンとエレベーターの到着する音がして、和喜田が身体を起こした。解放されてホッとしたが、エレベーターから降りてきた男を見て一気に心が重くなる。

「やあクラハラ、そろそろできたかい？」

「はい。あと一枚で終わりです」

倉原は立ち上がって、今までに訳した三枚を持ち上げ、残った一枚を見下ろす。

「なんだ、サクラノホテルのコンシェルジュならさぞかし優秀なのだろうと思ったのに、大したことないんだね。日本だからなのかなあ」

ケインの日本嫌いは筋金入りだ。ホテルごと、国ごと馬鹿にされて、胸がチクチク痛む。

「申し訳ございません。ケイン様の起きられる時間までにはきちんと揃えておきますので、どうぞおやすみください」

「それじゃダメなんだよ。あと五分で仕上げて」

「申し訳ございません、五分では……。せめて十五分はいただきたいのですが」

今までの訳に要した時間を考えれば、五分ではどうあっても無理だった。十五分だって本当は厳しい。

「できないの？　本当に使えないな――」

「ケイン様、承知いたしました。五分でお届けします。どうぞお部屋でお待ちください」

ケインがまた罵倒しようとするのを遮《さえぎ》って、和喜田がそう口を挟んだ。倉原の隣に座って書類に目を走らせ、半分のあたりを指さして、ここから下は俺がやるから、とペンを取った。

「なんだ、きみは。私はクラハラに頼んでいるんだよ？　余計なことを……」

「ご指定の時間に間に合わせるにはこれが最善の策だと思います。私もホテルの人間ですので秘密は厳守いたします。なにか不都合がございますか？」

和喜田が怒っているのが倉原にはわかったが、表面上はにこやかだった。真っ直ぐにケインを見つめて返事を待つ。

「五分だぞ！」

「かしこまりました」

ケインは部屋に戻り、和喜田はすごい速さで訳し始める。倉原も慌てて紙面に目を落とし、訳していく。自分の仕事で負けるわけにはいかない。

しかし、隣にいるその存在がとても心強かった。

すでに三枚分の訳をしていたせいもあり、倉原の方が少し早く訳し終えた。和喜田の手書き分を入力し、プリントアウトしたものを持ってエレベーターに駆け込んだ。

部屋のインターフォンを鳴らした時、きっちり五分だった。

「お待たせいたしました」

ケインはカウチに寝そべって本を読んでいた。

「ああ、そこに置いといて」

「では、失礼いたします。よい夜を」

礼の言葉なんて元から期待していない。テーブルの上に書類を置き、部屋を出ようとした。

「あ、ねえ……クラハラって、ゲイなの？　さっきのって彼氏？」

呼び止められて、そんなことを訊かれて焦った。

「いえ、違います。さっきのはただの同僚です」

「ふーん、そう。じゃあもういいよ」

部屋を出て廊下を歩きながら、自分は、和喜田は、なにかそう思われるようなことをしただろうかと思い返してみる。が、なにも思い当たることはなかった。

事情も知らない人間にそう思われるほど、なにかがだだ漏れになっているのだろうか。

それはまずい……。

エレベーターを降りると、和喜田がデスクで待っていた。動揺を見せないように笑みを浮かべてみせる。

「ありがとう、助かったよ」

「おとなしく引き下がったか？　あの難癖野郎は」

「うん、大丈夫。あと悪いんだけどフロントの近藤《こんどう》さん、加湿器持っていったまま帰ってこないんだ。佐藤さんの様子を見てくる間ここにいてくれるか？　すぐ戻るから」

「ああ、行ってこい」

「ごめん」

同僚として自然に会話ができたはずだ。

なぜそう思ったのか、ケインに訊けばよかった。訊いてもちゃんとした答えをもらえたとは思えないけれど。

具合が悪そうな佐藤を帰し、結局倉原が朝までいることになった。フロントの近藤は休憩室にいたところを和喜田に呼び戻されていた。

「倉原に全部おっ被せて休憩とはいい身分だなあ？」

「あ、いや、俺はちょっと休憩室を通りかかったら、話に巻き込まれて……。す、すみませんでした！」

近藤は年齢こそ倉原たちより二つ下だが、このホテルでのキャリアは和喜田より長い。

しかし完全に上下関係は固まっている。

「おまえ、しばらくひとりでいいよな？　倉原、休憩に行くぞ」

「え？　あ、いや……」

今は二人きりになりたくなくて、なにか口実を探すが、やるべき仕事はさっき終わってしまった。この時間ならフロントひとりでも特に問題はない。

「いいです、倉原さん、行ってきてください」

すっかり恐縮している近藤に背中を押され、しかたなく和喜田についていく。連れて行かれたのは、客室としては一番低い階にあるシングルルームだった。

「え、この部屋……」

「俺が取った。少しでいいから寝ろ。おまえ本当に顔色悪いから」

「え!?　いや、いい。今寝たら起きられない気がするし……」

和喜田の前ですやすや眠れるほど神経は太くない。

「仮眠は十五分で充分効果があるらしい。俺が起こしてやるから寝ろ。それとも、強制的に寝かしつけてやろうか？」

「強制的って……。俺は本当に大丈夫だから」

言うなり足を掬われた。横抱きにされて、ベッドの上に投げられる。

「お、おい！」

起き上がろうとしたら、上から押さえつけるように馬乗りになられて、しかたなくベッドに背をつける。

「こないだはおとなしく寝ただろう？　俺の腕の中で。今さら恥ずかしがるなよ。子守歌がいいか？　キスしてやろうか？　それともちょっと疲れる運動をしてみるか？」

「そんなの、しないって言うのわかってるだろ」

「いつもおまえの意見を尊重してやれるとは限らない。俺は本来、考えるよりも行動する派だからな。おまえもたまには頭を休めて……いや、休めさせてやるよ」

和喜田の手が頬に伸びて、さらりと撫でられるとビクッと身体が反応する。途端に顔が近づいてきて、その勢いと目の光に危機感が膨れあがった。

「わ、わかった！　十五分、十五分な。寝るから、ちゃんと起こせよ！」

覆い被さる和喜田の身体を強く押し戻した。和喜田は大きく息を吐き、倉原の上着のボタンに手をかける。

「な、なに？」

すっかりビビッて和喜田の手をただ見つめる。

「しわになるの、嫌だろ？　下も脱げよ」

もう恥ずかしがる気にもなれなかった。制服を脱いで布団を被り、壁の方を向いて丸くなる。ドキドキして眠れるわけがない。そう思っていたのに――。

「おやすみ」

和喜田が部屋を出て行くと、ものの数秒で眠りに落ちていた。


起きると、朝だった。時計を見て愕然《がくぜん》とする。慌てて身なりを整えフロントに出ると、チェックアウトが始まっていた。コンシェルジュデスクには和喜田が座っている。

「おい、和喜田……」

文句を言おうとしたのだが、和喜田は立ち上がって倉原の顔を見ると、

「うん、顔色はよくなったな」

と、にっこり笑って去っていった。大きな声で引き留めるわけにもいかず、その背を見送った。溜息をついて引き継ぎのノートを開けば、特に客は来なかったと書いてあった。そして、『寝顔があんまり可愛かったから起こせなかった。ごめん』というコメント。

みんなが見るものなのに、なにを書いているのか。

即行で塗りつぶし、裏からも読めないようにして、さらに上から修正テープを貼った。

「馬鹿か……馬鹿め」

眼鏡のブリッジを押さえてうつむく。怒りなんて少しも湧いてこない。ただ胸の奥が熱

くなって……その熱が全身を温かくして、なんだか泣きたくなった。

あまり甘やかしてもらっては困る。期待してしまう。弱くなってしまう。

ふわふわ軽くて掴み所のない、いついなくなってしまうかもわからない男なのに……。

どうやったら自分は和喜田の役に立てるだろうかと、修正テープの上を指でなぞりながら考えた。


「倉原さん、１７０９号室のケイン様が……」

そこまで聞いて倉原は立ち上がった。ケインの滞在は明日まで。現在午後九時。これが最後の奉公だと思えば、やる気も湧いてくる。

和喜田に英訳を手伝ってもらって、寝かせてもらってから三日。顔色が戻ったと周りの人間に言われて、みんなに心配かけていたのだと知った。ケインは昨日一昨日とおとなしかったのだが、今日は帰ってきた時からすこぶる機嫌が悪かった。

黄色い猿《さる》が飾り立ててもしょせん猿なんだよ！　などという意味のことを英語で叫び、倉原と紺野とで宥めて部屋まで送り届けた。

「黄色い猿もよく見れば可愛いところがありますから、ひとりひとりをよく見てください」

にっこり笑顔で言えば、ケインは倉原を横目に見て、ケッと吐き捨てた。人種差別の根は深い。一言二言で解決されることではないことくらいわかっている。

それから二時間経っての呼び出しだ。いい予感なんてするはずもない。

部屋の中でケインはすでにラフな格好に着替えていた。黙っていれば貴公子のように見える風貌《ふうぼう》。だからこその選民意識なのかもしれない。しかし、顧客データを照会してみたら、ロスでも要注意人物扱いだった。具体的になにをしたのかは記されていないものの、手を焼いているのが窺えた。人種だけの問題ではないらしい。

「きみがよく見ろと言うから、見てやることにした。酒に付き合え」

「それは大変嬉しいのですが、勤務中ですので飲酒はできかねます。お話相手ということでしたら……」

「酒を飲むのはコミュニケーションに不可欠なんだろう？　日本人はすぐに接待と言う。飲め」

ワイングラスを突きつけられる。

「わかりました。それではクラブラウンジの方でお願いできますか？　お客様の部屋で一対一での飲酒は、規則で禁じられておりまして……」

「融通が利かないな。そういうところがあの担当者にそっくりなんだ。人を馬鹿にしたような目をして……。日本人というのは人の心より規則の方が大事なんだろう？　コンシェルジュまでこんな調子なんて、なにがおもてなし、だ」

　どうやら取引先の担当者と似ているためにやつあたりされていたらしい。

　しかしそのことよりも、人の心より規則が大事という言葉の方が、倉原の心に重く響いた。頭が固く融通が利かないという自覚はあるが、人の心を蔑ろにしたつもりはない。規則はトラブル防止のためにあるもので、人の想いを踏みにじってまで守るべきだとは思っていない。このホテルの基本精神である、おもてなしの心を馬鹿にされるのはすごく悔しかった。

「失礼いたしました。では、一本だけ電話を掛けさせてください。朝まででもお付き合いさせていただきますので」

　今日の勤務は十時まで。あと少しで終わりだ。ただその後に和喜田に食事を奢る約束をしていた。先日英訳を手伝ってもらったお礼に、倉原から申し出たものだった。

やっと自分から一歩踏み出せたのに、キャンセルしなくてはならないようだ。

コンシェルジュデスクに電話していきさつを話し、和喜田に伝えてもらえば、電話は一本で済む。

　部屋に備え付けの電話から、コンシェルジュデスクへの直通番号を押した。

　その時、後ろから首にタオルを巻き付けられ、思いっきり引き倒された。

腰に次《つ》いで頭も床に打ち付ける。なにが起こったかわからずただ痛みに耐えていた倉原の耳に、「ケイン様？」という紺野の声が聞こえた。

垂れ下がった受話器が見えて、倉原はそれに向かってなにかを言おうとしたが、喉を絞められたせいかうまく声が出ない。ケインは悠々と倉原を跨いで受話器を取ると、「なんでもない」と言って切ってしまった。

そして仁王立ちのまま、倉原を見下ろす。

「怖いかい？　なかなかいい顔だ。そういう顔をさせたかったんだよ。猿のくせに澄ました顔で人を馬鹿にして……。僕の書類に不備なんてなかった、そうだろう？」

倉原の腹の上に腰を下ろし、首をタオルで絞め上げる。苦しさより恐怖で卒倒しそうになった。返事などできるはずもないが、ケインは「僕悪いんじゃないよね？」としつこく問いかけながら、さらにきつく絞めてくる。

「くっ……」

意識が遠くなりかけた時、パッと手が離された。肺に一気に空気を取り込めば、盛大にむせる。それでも必死に息を吸い込んだ。ひゅーひゅーと気管が変な音を立てる。

死ぬかもしれないと思ったのは初めてだった。倉原の人生にこれまでバイオレンスとは縁がなく、怖気立《おぞけだ》って動くこともできない。

ケインは倉原の首からネクタイを抜き取り、両手をひとまとめにしてきつく縛りあげた。その状態で倉原に両手を挙げさせ、近くにあったテーブルの脚を上げて、腕の輪の中に落とした。

「いいホテルの家具は重厚でいいよね。簡単には動かないから楔《くさび》にもってこいだ。ああそうだ、この上に花瓶なんて置いてみようか。これも高そうだね。いくらするか知ってる？　コンシェルジュくん」

知っている。倉原の給料が何ヶ月分か飛んでいくような金額だ。

「大丈夫、殺しはしないよ。僕はきみの苦しむ顔が見たいだけだから。それと、人が仲よくしているのを見ると、無性に壊したくなるんだよね」

ケインは嫌な笑みを浮かべて倉原の顔をじっと見下ろす。

「仲よく？　……あ、あいつは、そういうんじゃ……」

すぐに和喜田のことだと思い当たり、慌てて否定する。

「どういう関係でもいいんだよ。彼はあの時、きみを護ろうとした。だから、護れなかったら苦しむだろう？　それがいいんだ」

「なんでそんな……」

「むかつくんだよ、どいつもこいつも……僕ばっかり不幸だなんて間違ってる」

「でもあなたは、こんな高い部屋に泊まることができる。奥様も、生まれたばかりのお子様だっていらっしゃるじゃないですかっ」

「なんでそんなこと知ってるの？　そんな個人情報」

「あなたはロスのホテルで結婚式も出産祝いもなさったでしょう？　どうかお願いです、こういうことはおやめください」

なんとか思いとどまってほしいと訴えかける。家族のことを思い出せば冷静になるかと思ったのだが。

「そんな表面的な情報、意味ないよ。現在別居中ってデータはなかった？　子供が夫に似ていないってデータは？　金目当てで結婚したあばずれが、本当に好きな人を見つけたとか……笑わせるんだよ！」

心の中で十字を切る。失敗した。逆効果だった。荒れている原因は、仕事がうまくいかなかったことよりも、こっちだったのかもしれない。すっかり自暴自棄《じぼうじき》になっている。

「まあ、好都合だよ。僕はあんな女、好きじゃなかったから。親がね、女と結婚したら遺産を相続させてやるって言うから、仕方なく結婚したんだ。僕はゲイなんだよ」

最悪の言葉を聞いた。身の危険が嫌な方向にシフトする。

しかしゲイだからといって男なら誰でもいいというわけではないはず。気に入らないと言っていたし……と希望を持とうとしたが、その手がシャツのボタンを外していく。

「お、お待ちください。それはダメです」

頭上の手を前に出そうとして、テーブルの脚に阻止される。

「コンシェルジュはノーとは言わないんじゃなかった？」

「紳士の行いに外れることはお手伝いできません。そこは融通を利かせるわけにいかないんです。愚痴や不平不満なら一晩中でもお聞きします。気晴らしがしたいなら、楽しい所にお連れいたします。でも……紳士であることをやめないでください。お願いします」

「きみが同意すれば、僕は紳士でいられると思うよ？」

「同意は、できません」

「だろうね。まあ、僕はその方が楽しいからいいけど」

胸元が露になり、素肌を撫でられてゾッとした。男に抱かれるという非日常が目の前に迫る。

和喜田にのしかかられた時とはまるで違う感覚だった。和喜田の時には、男に抱かれる恐怖や嫌悪感より、一線を越えることへの戸惑いが強かった。あの時、自分を抱こうとしていたのは、「男」ではなく、「和喜田」だった。

「東洋人にしては白いかな。肌理《きめ》は細かいね……手触りはいい」

品定めをするように撫で回される。胸板の上を滑っていた指が、胸の飾りに二つ同時に爪を立てた。

「イッ――！」

いきなりの強烈な痛みに胸をのけぞらせる。すぐにそこを親指でぐりぐりと押し潰されて、体の奥にじわりとなにか変な感覚が生まれた。

「感度もいいね。これは楽しめそうだ」

胸を舐められて怖くなった。まさか、こんな男相手に感じてしまうなんてことがあるのだろうか。そんなことになったら、自分は和喜田の顔が二度と見られない。

「ク……ンッ」

声が出そうになって、慌てて唇を噛んだ。和喜田以外の男になんか感じるわけがないと思っていた。今もそう思っているけど、身体が勝手に反応する。

「その苦しそうな顔、いいね。本当にきみはいじめがいがある」

「やめて……やめてくださいっ……」

どうすればいいのかわからない。まだ客として扱うべきなのか。口汚く罵るべきなのか。

「いいねえ。日本人のそういう控えめな感じは嫌いじゃないよ」

ケインの声が甘い。甘くて怖い。やめる気はないのだと突きつけられる。

大声で助けを求めたいけど、こんな姿は見られたくない。特に、和喜田には絶対……。がちゃがちゃとベルトを外す音が聞こえ、地獄の釜《かま》の前に立たされたような気持ちになる。落ちたら終わりだ。

「こ、こんなことしても、なにもいい方には転ばない。立ち向かわないと、前よりよくな

わずにいられなかった。

思い立つまま説教じみたことを叫ぶ。改心なんて望めないとわかっていても、なにか言

ることはありません！」

「うるさいな。そういうの、もうどうでもいいんだよ」

なんとか逃れようと身をよじったが、股間を強く掴まれて、動きが止まる。握り潰され

るのでは、という恐怖に、横向きの姿勢で固まってゴクッと唾を飲み下した。

恐怖心が全身を痺れさせ、ガクガクと自分の意志とは関係なく身体が震え出す。

「彼の名前でも呼んでみたら？　なんならこれが彼の手だと思ってもいいんだよ？」

そこをゆっくりとさすりながら言われ、一瞬想像して反応してしまった。

「素直な身体だね。でも、なにも知らない身体だ……そうだろう？」

下着の中に手を入れられ、直に触れられて硬直が解けた。逃れようとがむしゃらに暴れ

れば、上から押さえつけられて首筋に噛みつかれた。

「痛っ！」

噛みちぎられるような痛み。胸を舐められて全身に悪寒が走った。気持ち悪い。もう客

だとか花瓶だとかどうでもいいと思った。

「嫌だ、俺に触るな……触んなっ！」

必死で叫んだのに、情けなく声が裏返る。どんなに暴れても逃れられなくてパニックに

陥った。

なぜこんなことになってしまったのか。すべての客に幸せをと願って頑張ってきたのに。伝わらなかった虚しさと無力感。そして身体をいいようにされる嫌悪感が全身を苛む。

眼鏡に手をかけられて、倉原は思い切り首を横に振った。

「や、やめ……」

それは嫌だと訴えるが、無駄な抵抗だった。あっさり抜き取られてしまう。

「へえ、外すとちょっと……可愛いじゃないか。これならいじめなかったのに」

そんな言葉は耳に入らなかった。眼鏡を取り上げられて、なにかとても大事なものを奪われた気分になる。眼鏡自体に大した意味はない。それを巡る和喜田とのやり取りがとても幸せで……いつの間にかとても大事な時間になっていた。

誰も気にもしなかった素顔に興味を持ってくれて、見たいと言いながらも無理に眼鏡を取り上げることはしない。つまらない自分をちゃんと見て、ちゃんと尊重してくれる。そういう奴だから好きになった。

自分のすべてを晒して、触らせてもかまわない。そう思える相手はひとりしかいない。

これだけは誰にも譲れない。

「触るな……俺に触れていいのは、和喜田だけだっ！」

そう叫んで渾身の力で腕を引けば、テーブルがズズッと動き、スローモーションのように花瓶がぐらりと傾くのが見えた。

「倉原っ！」

声が聞こえたと同時に、花瓶が床に落ちて派手な音を立てた。

次の瞬間、倉原の上にのっていたケインが横に吹っ飛ぶ。

「ざっけんな、クソ野郎が！　倉原に……触りやがって」

目に怒りの炎を滾《たぎ》らせた和喜田が、ケインの横っ腹をサッカーボールのように蹴り飛ばした。吹っ飛んだケインは脇腹を押さえて苦悶《くもん》の表情で転げ回っている。

突然の展開に呆然する倉原の元に、紺野が泣きそうな顔で駆け寄ってきた。

「倉原さん、大丈夫ですか⁉」

「あ、ああ」

紺野の心配そうな瞳が自分の身体にむけられて、ぶわっと羞恥心が込み上げた。胸元ははだけ、下も危うく見え隠れしている。じわりと身体を横に向ければ、紺野はなにも見なかったような顔で、手首のネクタイを解きにかかった。

「紺野、足下、破片が散らばってるから……」

ひとつのことに集中すると他が疎かになる紺野は、解くことに夢中になって、床に膝を突こうとする。思わず注意した倉原を、紺野は縋りつくようにして抱きしめた。

「俺の心配なんてしなくていいっすよー、倉原さーん」

倉原は自由になった手で紺野の背をポンポンと叩いて、礼を言う。

「紺野！」

低く鋭い声が飛んできて、紺野は焦って手を離しザッと立ち上がった。しかし、声を放った主の視線はすでにこちらにはなかった。ケインの襟首を掴んで睨みつけている。

「てめえは、なんで俺より先に倉原の眼鏡外してんだ、ああ!?」

和喜田の台詞に、倉原はそんな場合でもないのにフッと笑ってしまった。床に転がる眼鏡を拾ってかければ、少しフレームが歪んでいた。

「きさま……ホテルマンのくせに客の部屋に勝手に入ってきて、こんな、こんな……絶対骨が折れてるぞ！　ホテルごと訴えてやるからな！」

ケインは苦しげな顔で脇腹を押さえ、まだそんなことを言っている。

「好きにしろ。喜んで受けて立ってやる。ちなみに教えてやるが、骨が折れてりゃそんな大声では喋れねえよ、お坊ちゃん」

和喜田は明らかに歳上のケインをお坊ちゃん呼ばわりする。

「なんだ、きさま！　失礼にもほどがあるぞ！」

「これで裁判にでもなれば、両親もやっと見放せるんじゃないか？　馬鹿息子の不祥事をいろいろと揉み消して大変だったみたいだからな」

「な、なぜそんなこと……」

「ロスのホテルじゃ部屋で乱交パーティーみたいなことをして、次になにかしたら出入り禁止だと言い渡されているそうじゃないか。父親の経営する会社でも、この商談をまとめてこなかったら、次期社長はないと言われてるんだって？　英訳を頼めるブレインもいないようじゃ社長になんてなれるわけねえよな。自棄《やけ》になるのもしょうがない。が、これはねえよ。倉原に手ぇ出すなんて……なんなら俺が殺してやろうか!?」

和喜田が拳を振り上げると、ケインはぎゅっと目を閉じた。倉原は慌てて和喜田の右腕にしがみつく。

「もういい。もう充分だ」

和喜田がこちらを一瞥する。その瞳の冷たさに、心臓がヒヤッとして思わず手を離した。

こんな格好でしがみつかれれば嫌悪感もあるだろう。慌てて前を閉じ、着衣を整える。

「充分だと？　冗談だろ。こんなんで済まされるか。おまえは全然わかってない。俺がどんなにおまえを……」

倉原の格好を見て和喜田は怒りのボルテージをさらに上げる。ギリギリと歯ぎしりをして、結局怒りの感情が振り切れたようで、ケインの左頬に拳を叩き込んだ。

ケインは吹っ飛んで床の上に突っ伏した。そしてピクリとも動かない。心配になって駆け寄ろうとしたら、和喜田に腕を掴まれた。

「来い。それにはもうかまうな。おまえがかまうと本気で殺したくなる」

「は？　いや、でも放置するわけには……」

「おまえが手当てするなら、あの貧弱な骨を二、三本へし折るぞ」

「なに言って……」

和喜田が本気を出したら、ケインは本当に死んでしまいそうなほど貧弱だった。今でもしっかり傷害犯だが、殺人犯にはさせられない。

「あれ、俺が殴ったことにできるかな。俺なら正当防衛って言えるし……」

「おまえは本当、人のことばっかりだな……。紺野！　後の処理はおまえに任せる」

「はい、了解です！」

紺野は敬礼して請け負ったが、そういうわけにもいかない。

「いや、それは俺も……」

「おまえは俺と来い。手当てしてやる」

「手当て？」

嫌なことはされたが、傷つけられたわけではない。どこを手当てするというのか。手首がネクタイで擦れて赤くなっている程度だ。

「あ、首……どうかなってるか？」

　和喜田に手を引かれて出口に向かいながら、首に手を当てて訊いてみる。タオルだったから傷にはなっていないはずだが、鬱血《うっけつ》したりしているのだろうか。

　和喜田はピタッと足を止め、倉原の顎を持ち上げて首を見る。

「この赤くなってるのはまさか……絞められたのか⁉」

「ああ、うん。タオルでだったけど、傷になったりしてるか？　あ、そういえば噛みつかれたな……」

　首筋を撫でればピリッと痛んだ。

「あの野郎、やっぱりぶっ殺す！」

　戻ろうとするから、慌てて抱きついて引き留めた。

「もうまずいって。無抵抗の人間になにをする気だ」

　和喜田は憤懣《ふんまん》やるかたなし、とばかりに荒い息を吐いたが、倉原の肩を抱いてまた歩き出し、隣の部屋の前で止まった。そしてポケットから取り出したのは、ケインの部屋に入る時に使ったのだろうマスターキー。

　それを差し込むのを見て慌てる。

「おい、空き室じゃなかったら……」

「空いてる。今日このフロアは二部屋しか埋まってなかった」

　和喜田は淡々と言って中に入り、リビングを通り抜けて寝室の奥にあるバスルームに入った。その中のガラスで仕切られたシャワーブースに入り、お湯を出す。

「お、おい！　制服が濡れるだろっ！」

とっさに降り注ぐシャワーを避けようとしたが、引き戻される。

「あんな奴が触った制服なんか捨ててしまえ」

「なに言って……これは支給品だぞ。クリーニングすればまだ」

「俺が新しいのを買ってやる。捨てろ」

水も滴るいい男は、低い声で怒りを伝えてきた。その据わった目を見て、逆らわない方がいいと察知して黙る。

和喜田は濡れた制服に手をかけて脱がせにかかった。もうどうせ脱ぐしかないので、倉原も無言で従ったが、下までずり下ろされそうになって、初めて抵抗する。

「あのな、ちょっと出てってくれないか？　ほら、おまえも濡れたから、脱いで向こうでシャワー浴びたら？」

湯船の方にもシャワーはついている。ブースの外を指さして倉原は言ったが、和喜田はまるで聞こえていないかのような顔で倉原のスラックスを下着ごとずり下ろした。

「う……」

全部見られて、眉を寄せる。男同士だし……という言い訳は、和喜田の前では意味がない。性的対象であるという意味で、関係性は男女と同じだ。

しかし和喜田は倉原の羞恥に頓着することなく、じっと裸を観察する。和喜田が言っていた裸眼鏡状態になっていたが、それに気づいているのかどうかはわからない。湯気がこもれば当然眼鏡も曇った。

「和喜田……あのな、その……」

倉原はフレームの歪んだ眼鏡を掴み、自分の手で外した。曇っていたから、ではない。

「ごめんな」

自分でもなにに対して謝ったのかよくわからなかった。でも、謝らなければいけないような気がした。

初めてレンズ越しでなく和喜田と目を合わせる。これで本当の全裸だ。おまえに対してすべてオープンにしたのだ、と真っ直ぐな眼差しで訴える。

「倉原……。やべえよ、それは」

和喜田は眉を寄せて唾を呑み込み、倉原の細い身体を奪うように抱き寄せた。首筋に口づけ、強く吸い上げる。噛まれた所だ。痛みに倉原はゾクッと身を震わせた。

「どこ、触られた？　どこ？　俺が全部触る」

「……胸、とか……」

言うなり胸の飾りを口に含まれる。舐められて声が出た。吸われると電気が走る。

「下は？」

胸に吸い付いたまま上目使いに問う。濡れた男はセクシーで、強い眼差しに射貫かれた倉原は内心オロオロする。ちょっと怖いけど、とんでもなく格好いい。

他の男に触られたことなど言いたくはなかったが、言わなくては引いてくれなそうだった。しかたなく、前を少しだけ……と答える。

途端、前をギュッと握られ、さらに尻を掴まれた。

「わっ！　なに!?　ちょ、ま、前だけだって！　それもちょっと握られたくらいで……」

「ちょっと握られたくらい？　ふざけんな。指一本でも許さねえよ！」

和喜田は倉原に怒鳴りつける。自分の身体なのに、和喜田のものの管理不行届《ふゆきとど》きを責められている気分になる。

「や、あ、待て、和喜田……和喜田っ」

前を握られ、思いっきり擦られる。未だかつて一度もそこをそんなに激しくされたことはない。したこともない。

「そんなに、擦られてな……から、ぁ……待て、待って……手、動かすなっ」

「止まるかよ」

どんどん擦られて、あっという間にそこが兆《きざ》し始める。湯気がこもる狭いシャワーブースで、和喜田はまだスーツを着たままだ。

「おま……、こんなとこで、なに、する気……!?」

「なにって、なにに決まってるだろ。おまえの身体で俺の怒りを鎮めろ」

和喜田はまったく止める気はないようだった。怒りに我を忘れているのか。そんな状態でイかされてしまうのは嫌だった。

「は？　……イヤだ、イヤ、ここではイヤ！」

動く手を掴んで悲鳴のように叫べば、やっと和喜田が止まった。

「ここではイヤっておまえ……なんだよ、それ。処女かよ、気ぃ抜けるわ……」

がっくり肩を落とされ、カーッと赤くなる。

「しょ、処……悪かったな！　でも、こんな煽られてなし崩しに……みたいなのはイヤなんだ、俺は。おまえとはっ」

処女なんて言われればむかつくし、ものすごく恥ずかしかったが、手が止まったのでとりあえずよしとする。

和喜田は目を閉じてフーッと長く息を吐き、目を開けるとやおらシャンプーを掴み、倉原の頭にをかけた。

「わ、アメニティを使うなよ」

「細けぇな。宿泊代は俺が出す。客だ。それなら文句ないだろ」

泡が立っていい匂いがする。倉原は喋ることもできず、ただうつむいてされるがままだった。そのまま身体まで洗われる。

「はい、一丁上がり。これで荒ぶってたのがちょっとだけ落ち着いた。出ていいぞ」

倉原をシャワーブースから追い出すと、和喜田は濡れたスーツを脱いで、シャワーを浴びはじめた。

倉原は身体を拭きながら、しばし和喜田の均整の取れた裸体に目を奪われ、自分の身体を見下ろして溜息をついた。いや、自分は普通だ。別に貧弱なわけではない。

ドライヤーで髪を後ろに撫でつけるように乾かしていると、出てきた和喜田にそれをガシャガシャと乱された。

「なにするんだ」

「その方が可愛い」

「か、可愛くなくていいんだよ！」

反抗してまたドライヤーをかけようとしたら、濡れた身体にバスローブを引っかけただけの和喜田に、寝室に連行される。

「ここならいいよな？　ていうか、もうこれ以上はなにを言っても止まらないから。これが俺の最大限の譲歩だ」

ベッドに押し倒されて見上げれば、濡れた男が怖い顔で自分を見下ろしていた。前髪は乱れて顔にかかり、粗野な感じが色っぽい。

「もうちょっとだけ、待て」

「待てない。俺にこれだけ我慢を強いた奴はおまえくらいだ。そのくせ他の男にやられそうになりやがって……」

「それは……ごめん」

「おまえに怒ってるんじゃない。あのクソ野郎に怒ってる。眼鏡外すとやっぱり可愛いし……」

「か、可愛いとか言うなよ」

赤くなった目元に長い指が触れ、耳の後ろを滑る。倉原がビクッと反応すると、和喜田は矢も楯もたまらずというふうにのしかかり、首筋に口づけた。

「和喜田……ちょっ」

「そんなビクッとかされたら、たまらないんだって……もう止まらない」

「違う、聞いてほしいんだ」

「ああ!?　なんだよ、さっさと言え」

苛立って訊き返された、その今にもキレそうな険しい顔を見つめて、口を開く。

「俺は、おまえが好きだ」

抱かれてもいいと思うから眼鏡を外したのだが、どうしても始める前に言っておきたかった。ここまで引っ張っておいて、他の人間に煽られて雪崩《なだ》れ込むようにそのまま……なんて、最悪だ。きっかけはそれでも、ちゃんと言ってちゃんと始めたい。

和喜田は不意打ちを食らったような顔になって、動きを止めた。

「いろいろ考えたんだ。おまえには他に相応しい女性がたくさんいるとか、男同士では未来がないとか、すぐに別れることになるのなら付き合わない方がいいんじゃないか、とか……本当、いろいろ」

「……それで？」

「それでもやっぱり、俺はおまえが欲しいと思った。これが正しい答えなのかはわからないけど、全力を尽くしたいって思ったんだ。おまえを幸せにすることに――」

他の人を選んだ方が和喜田は幸せになれるのかもしれない。だけど今は和喜田が欲しいと言ってくれているから、応えたい。和喜田の望みを叶えたい。

覚悟をもって見つめれば、和喜田の表情がフッと緩んだ。

「やっぱガッチガチだな。……俺のコンシェルジュになってくれるのか？」

「未熟者だけど頑張ります」

かしこまって言った倉原を見て和喜田は笑い、その背を掬い上げるようにして抱きしめる。

「頑張らなくていい。むしろ頑張るな。俺のコンシェルジュはふにゃふにゃでいい」

額を合わせて和喜田は言った。

「俺にはその方が難しいけど……やってみるよ」

倉原の顔にふわっと笑みが浮かんだ。それはとても自然な笑みで、和喜田は引き寄せられるように口づけた。次第に深くむさぼるようになった口づけは、これは俺のものだと隅々まで印をつけているかのようだった。

「身体、ちゃんと拭けよ。拭いてやろうか?」

長い口づけが終わり、倉原はなんだか照れくさくなって言った。

目の前にいるのは少し前まで敵視していた男。こんな濃厚なキスをするようになるなんて思ってもみなかった。

「んなことしてる余裕がない。心にも、身体にも、な」

和喜田はバスローブを脱ぐと、それを丸めて自分の身体を雑に拭き、床に放り投げた。

そして、その腕にさらわれる。

触れ合えば肌がしっとり濡れているのを感じたが、すぐにそれも気にならなくなった。

和喜田を抱きしめている。それがなんだか照れくさいけど、幸せだった。

和喜田の唇は倉原の滑らかな肌の上を少しずつ滑り下りていく。時に皮膚の柔らかいところに噛みつき、吸い上げ、首筋の歯形には嫌がらせのように入念に舌を這わせる。

「もうそこは……」

「あんな野郎の痕なんて全部消す。もう全部俺のだろ?」

「……んっ……ぅん、あ……あ……」

吐息に紛れさせて返事をする。欲しいというなら全部あげていい。

「おまえ……も、俺の、だぞ……？」

「ああ」

倉原が初めて見せた可愛い我に、和喜田は満足そうに微笑んだ。

濡れた唇を合わせ、互いの境目がわからなくなるほど舌を絡めあう。その間も和喜田の指は倉原の肌の上をゆっくりとなぞり、弱いところを探り出してはいたずらにくすぐった。

そのたびに倉原はビクビクッと反応して吐息を漏らす。

「感度良好……あの男にも感じたのか？」

「え……。ご、ごめ……感じるつもりはなかったんだけど……」

どう答えていいのかわからず、正直に謝った。

「おい、そこは素直かよ……。それともまさか、煽ってるのか？」

「え？　煽ってなんか……」

どうしてそれで煽られるのか。責められるかと思っていた倉原は戸惑った。

和喜田はキスを落とし、微笑む。その唇で胸の粒を啄《ついば》んで、先端を舌先で舐め上げた。

「ん、あッ……っ！」

思わず溢れた声に和喜田は満足そうな顔をした。

舐められても吸われても声が溢れてしまう。和喜田の頭を抱きしめて唇を噛んだが、堪えようとするとさらに強い刺激がやってきて、溢れる声は前よりも大きくなった。

この部屋の防音が完璧だということはもちろん心得ているが、自分の変な声ばかりが室内に響いて、居たたまれない。

熱い吐息は下腹に移動していき、叢《くさむら》にかかる。すでに頭をもたげていたものがそれに応えるようにヒクヒクと動いた。

舐めてほしい……。そんな自分の欲望に気づいてまた恥ずかしくなる。

「和喜田、俺も……なにかする」

自分ばかりがされるからいけないのだと思った。なにかして気を紛らわせたかった。

しかし和喜田は答える代わりに倉原のものを口に含み、根元を指でさすりながら、口淫《こういん》を開始した。

「ふ、あっ……ちょっと待っ……、俺、俺も……あ、あっ！」

一度キュッと吸い上げられただけで達しそうになって、和喜田の髪をギュッと掴んだ。

あまりに強く握ってしまって慌ててその手を開いたが、自分の股間で小さく上下する頭を押していいのか、抱いていいのかわからずに、ただ歯を食いしばった。

ゾクゾクして、気持ちいい。だけどなんだか申し訳ない。

客室の明かりは淡く優しくて、全部点けても鮮明に見えるとは言い難いほどだったが、今の倉原には明るすぎた。

なにも隠せない。感じて溶けていく自分をすべて和喜田に晒している。しかしそれすらも気持ちよくて、もっともっと乱れてしまいそうで……。

「和喜田、な、あ……っ、俺もする、って……」

しつこく言えば、和喜田は上目使いに倉原を見て、口に含んでいたものの先端にキスを落とした。

「それは、また今度な。たまにはご奉仕されとけよ。気ぃ抜いて、よがっていればいい」

「そんな……」

されるばかりなのは落ち着かなくて、よがれなんて言われたら余計に力が入ってしまう。

「あ、んンッ……、ちょっ、まっ、……ずるい……わき、た、ぁっ」

和喜田の唇は胸へと戻り、指が熱い屹立に絡みついて、リズミカルに擦りはじめる。乳首に歯を立てて、敏感な先端を舐め、倉原の声を絞りだす。

そこをそうされるのが好きなのだと覚えられてしまった。

「んっ、や、……それ、もう、ゃ……」

口で否定しても、身体が裏切る。気持ちよくて腰が揺れる。

「いやじゃないだろ？　もっと、してほしいことを言えよ……俺はもっと、おまえにいろいろしたくてたまらない……」

和喜田は倉原の耳元に唇を寄せ、かすれた声で言って、己の欲望を倉原の太股に擦りつけた。脈打つ心臓をそのまま押しつけられたような感覚に、倉原は背筋を震わせる。

伝播《でんぱ》する熱。身体の奥まで熱くなって息が荒くなる。吐息は甘く、時に震えた。

和喜田が与えるものは倉原には過ぎる快感で、指先まで痺れたようになって体の自由が利かなくなった。

「あ、もう……おまえの、したいよ、に……して……」

今の自分にできることは受け入れることだけ。

倉原は自分の支配権を完全に和喜田に譲り渡した。

「了解。じゃあちゃんと感じろよ、俺の溢れる愛を」

和喜田はニヤッと口の端を上げ、また乳首に吸い付いた。下をギュッと掴んで、きつく擦り上げる。

「ん、あ、ああ……」

腰を揺らせば、脚を大きく広げさせられた。和喜田の脈打つ熱と二つまとめて大きな手の中に包み込まれ、一緒に擦られて一緒に成長していく。

男と男でも愛し合える。互いを感じて気持ちよくなれる。そう教えられる。

「あ、あ、和喜田ぁ……」

甘えたような声が溢れた。しかしもう脳まで熱に浸食され、恥ずかしいのかどうかもよくわからなくなっている。

潤んだ瞳の先には、少し濡れて、少し厚い、見ているだけでドキドキする唇があった。

「亨……愛してるぜ」

その唇が自分に愛を語る。

思わず倉原はその唇に自分の唇を合わせた。

「おれ、俺も……義彦《よしひこ》」

目を合わせてふわりと笑えば、和喜田の唇に逆襲された。唾液が絡み合い、くちゅくちゅと濡れた音を立てる。

自分よりも大きな身体をぎゅっと抱きしめた。肌を擦り合わせれば、体温が溶け合う。気持ちよくて気が遠くなった。ずっとこのまま抱き合っていたい。

しかしその時、和喜田の指が後ろに滑り、排泄に使う場所の襞を揉まれ、気持ちよさに影が差した。

「わきた……」

不安いっぱいの顔で和喜田を見つめる。

「入れ……るのか？」

覚悟はしていた。男同士がそこを使うということは知識としてあったから。しかし、いざそこに触れられると、脳が軽くパニックを起こす。本当に本気で？　と問いたくなる。

「嫌なら無理にとは言わないが……俺はおまえと繋がりたい」

そう言われると拒否はできなかった。

「おまえがしたいなら……」

繋がりたいという気持ちは倉原にもある。和喜田がそこでしたいというのなら、受け入れるだけだ。呼吸を深くして力を抜き、心を落ち着ける。

濡れた指は浅くそこを出入りしながら、ゆっくりと揉みほぐした。気遣ってくれているのは伝わるが、身体はどんどん強張っていく。受け入れたい気持ちと恐れる気持ちが一緒に膨らんで苦しくなる。

和喜田は急がなかった。そういう過程すら楽しんでいるように、倉原の顔を見つめながら指を使う。倉原はどういう顔をしていいものかわからず、ぎゅっと目を閉じた。

まるで気持ちを試されているようだと思う。緩めたいのに、恐怖心で身体がガチガチになってうまくできない。

「力抜けよ、倉原……」

優しい声で囁かれ、申し訳ない気持ちになる。

「ん……ん、たぶん、もうちょっとで、できる……かも」

頑張ろうにもどう頑張っていいのかわからない。緩めるのは全般的に下手くそらしい。

「ふっ……おまえホントかわいーな……。ごめん、倉原。もう待ってらんないわ」

　そう言って和喜田は指を抜き、そこに己の屹立を押し当てた。倉原が身構える前に、先端が入る。

「ン……、……ん、うぅ……」

「倉原、大丈夫……ゆっくり行く」

　間近で囁きが聞こえ、目を開ければ近くに和喜田の顔があった。思わずその首に腕を回し、しがみつく。緩めることなんてもう意識から飛んでいった。

　入ってくる、入ってくる、怖い、でも欲しい……。ぐるぐる回る。

「倉原……やめるか？」

　耳元への問いかけにハッと目を開け、必死で首を横に振った。

「いい。……して」

　見つめて告げれば、和喜田がギュッと眉を寄せ、喉を鳴らした。

「扉が開いたら本当……凶悪だな。ギャップ、どころじゃねえよ……」

　悪い、と和喜田は一言断って、一気に腰を進めてきた。

「ひっ……ん、んンッ……」

　痛みに身を強張らせる。奥まで入った和喜田は、最初はゆっくり様子をうかがっていたが、徐々に我慢が利かなくなって、しまいには箍《たが》が外れたように激しく腰を打ちつけてき自分の中に和喜田がいるというありえない状況。激しくなればなるほど快感は強くなった。

激しい摩擦は熱を生み、熱は痛みを曖昧にして、次第にすべてを快感が凌駕《りょうが》していく。

和喜田の熱い声に、自分の中が熱く潤うのを感じた。

「すげ、いい……いいぜ、倉原」

求められている、そんな気がして。

「は、あ、あぁ……わきた、わきたぁ……」

意識せず甘えた声が口をついて出た。気持ちよさからというよりは、ただただ欲しくて。もっと自分を感じてほしくて。心がそのまま声になる。

こんなにすべてを人に依存したことはない。自分をさらけ出したこともない。

「いいぜ、倉原……、すご、気持ちい……ああ、もう、やり殺したい」

和喜田の荒い吐息すらも肌に心地よく、激しく突き上げられてギュウッとしがみつく。

「ん……して、いい、なんでも……」

求めれば、和喜田の動きは尚激しくなった。

熱くてたくましい身体に揺さぶられながら、一気に高みへと駆け上がる。

「あ、あっ……もう、イッちゃ……」

倉原は奥深く和喜田を受け入れ、身を捩りながら絶頂へと達した。

「はっ、あ、アアッ……！」

ドクンドクンと、全身が心臓になったかのような体を、和喜田がさらに深く穿つ。二度、三度――。

「……ッ！」

抱きしめた身体がブルッと震え、和喜田の解放を知った倉原の意識はフッと闇に落ちた。

「……はら……倉原、……亨」

かすかな甘い響きに、意識が浮上する。

「え、あ……俺……」

慌てて周囲を見回した。スイートの一室。優しい照明と洗練された装飾。落ちる前となにも変わってはいない。気を失ったのは一瞬だったようだ。

「びっくりするだろ。気ぃ失うほどよかったか？」

顔を寄せて問われ、カーッと赤くなる。

「そういうんじゃ……」

「ないのか？　なんだ、ちょっと突っ走りすぎたかと反省したのに……。じゃあ、もっとサービスいたしましょうか」

笑いながら和喜田は、その唇で倉原の耳をついばんだ。

「違う。あの、よかった……すごくよかった」

焦って言い返した。これ以上のサービスなんてしてもらったら気を失うくらいではすまない。なにより和喜田が自分の腕の中でイッたことが気持ちよかったなんて、言えない。

「しょうがない。くたっと力が抜けた倉原がすっごく可愛かったから、今日はこれで許してやるよ」

そんなことを言って、和喜田は倉原の瞼にキスを落とした。

「か、可愛いって……おまえはおかしい」

子供の頃にも言われなかった表現を、なぜか最近頻繁にされる。そう言われるたびに倉原は和喜田が自分ではない別のなにかを見ているのではないかと、落ち着かない気持ちになった。

「おかしいかもな。でもおかしいのが俺のスタンダードだから、安心しろ」

「なんだよ、それ」

不満に思えばいいのか、安心していいのかわからない。それ以前に無性に恥ずかしくてならない。

そんな優しい目で見るのはやめてほしい。

和喜田は倉原の身体を抱き寄せて肌を撫でる。熱に潤んだ瞳には、まだ欲情が色濃く残っていた。

「あの……本当にもういいのか？　もう一回くらいなら……」

できないこともない気はするが、まるで未知数だ。

「だから、無理するなって。そりゃ、俺はまだできるし、したいけど……しなきゃ死ぬってほど飢えてるわけじゃない。とりあえず満足してる。今日で終わりってわけでもないんだし」

「そうか、よかった……」

満足という言葉にホッとして笑うと、和喜田が眉を寄せた。

「やばい……今の笑顔はキた。……もう一回だけ、いいか？」

「は？　おまえなに、詐欺だろ……おい、あ、ちょっ……」

結局二ラウンド目に突入し、今度はゆっくりと慣らすように、和喜田のやり方を身体に覚え込まされた。

和喜田の声だけで、指だけで、視線だけで感じるようになってしまいそうで怖い。

「責任取れよ。俺をこんなにして……」

蟻地獄には一緒にはまってもらわないと困る。

「もちろん。手放すつもりならこんな抱き方はしない。俺はこれでも優しい男だ」

「……軽薄な男だって言ったように聞こえたけど？」

「まあそのうちわかるさ。俺の本気はけっこう重いってことがな」

「重さでなら負けない」

それだけは自信があるのだ。とても。ものすごく。

「ここで負けず嫌いを発揮するのか？　受けて立ってやるよ。じゃあもう一回……」

「それは負けでいい」

のしかかってこようとした和喜田を止める。和喜田も笑ってベッドに寝転んだ。

間接照明で淡く光る天井を、並んで見上げる。

相容れない存在だと思っていた。大嫌いだったのだ。馬鹿にされていたし、和喜田だって嫌っていたはず。どうしてこうなったのかわからない。

でも、とても幸せだ。

自分だけを見てくれる人。通り過ぎていかない人。絶対、自分の手で幸せにしたい人。

人生のゲストではない、定住者。

目を閉じればぴったり寄り添う温もりがあって、抱き寄せられれば自然に身体から力が抜けた。

鷹の背に乗って悠々と空を飛ぶ、そんな夢を見た。

一眠りして早い時間に二人で部屋を出た。密かにマスターキーを元の場所に戻し、偽名を使って精算まですべて和喜田がした。倉原はとにかく身体がだるくて、割り勘だとか揉める気にもなれず、和喜田の車で和喜田のマンションへと移動した。

こないだ一緒に寝たソファに倉原は不本意ながら少々だらしなく座る。片方の肘掛けに身体を預け、人魚のような姿勢だ。本当はこのまま寝そべってしまいたい。

「寝ていいんだぞ。過労でぶっ倒れたって言っておいてやるから」

倉原の今日のシフトは昼からの予定だった。和喜田は休みだ。

「行く。紺野には礼を言わなきゃいけないし、その後のことも聞きたいし……」

ケインが逃げるようにチェックアウトしていったことは、深夜勤のフロントスタッフに聞いた。手続きなどは紺野がしたので、詳しいことは紺野でないとわからない。

なにが起きたのか知っているのは、倉原と和喜田と紺野だけ。倉原は大げさにしなくていいと言っているのだが、和喜田は気が済まないらしい。しかし放っておいてもケインは自滅するに違いなかった。

「とにかくロスの支配人には連絡しておく。出入り禁止は当然だ」

和喜田はキッチンでコーヒーを入れながら、憤懣やるかたなしと仁王立ちしている。二人ともスーツの上着を脱いだだけの、情事の後というより出勤前といった服装だ。実際倉原は出勤前だが、表情には情事のけだるさがにじんでいて、それを見ると和喜田の怒りも緩んだ。

「支配人に連絡って……知り合いなのか？　そういえば出入り禁止がどうとか、そんなの顧客データに書かれてなかったぞ？」

ケインが要注意人物だということは読み取れたけれど、乱交パーティーを開いた、なんてそんな最悪なことは載っていなかった。

「トップシークレット扱いになってたからな。あの男の親は、アメリカ有数の大企業の社長でうちの大事なお得意様だ。それに、スタッフにあまり悪い先入観を持たせるのもよくない。するつもりはなくても、萎縮したり身構えたりしてしまうから」

「まあ、それは……。でも、なんでそれをおまえが見ることができたんだ？」

「ちょっとしたコネを使った。ロスの支配人は、俺の叔母なんでな」

少し言いにくそうに和喜田は言った。

「叔母、さん？」

「ああ。ここの支配人もガキの頃から知ってる。俺の父親の同僚で親友だった人だ」

「……ん？　あれ？　ちょっと待て。叔母さんってことは……」

ロスの支配人はこのホテルの創業者の娘だ。創業者には娘が二人いて、上の娘さんはもう亡くなっている。和喜田の母親ももう亡くなっていて、死んだ父親は義理の父親に認められたくて頑張っていた……と、聞いた。

「俺はサクラノホテル創業者の孫だよ。おまえの大好きな『サービスの父』の孫」

「……ええっ⁉」

倉原は目を丸くして和喜田を見る。

そう言われてみれば、顔立ちがどことなく似ている。創業者も大層な男前で、かなり女性にもてる人だったらしい。

「昔から祖父さんに似てるって言われて、すっげー鬱陶《うっとう》しかった。俺には奉仕精神とかおもてなしの心なんて欠片もないって思ってたからな。だからホテルマンになる気はなかったんだが、いろいろ世話してくれた叔母夫婦に頼まれると弱くて」

和喜田は仕方なしに……というふうに言ったが、普段の和喜田を見ていれば、奉仕精神がないわけではないということはわかる。困っている人を助けたり、さりげなく助言したりということは、きっと和喜田にとっては自然なことで、奉仕などという大げさなものではないのだろう。サービスの心も営業手腕も遺伝子に組み込まれていて、それを知っているからこそ叔母は頼んだのではないか。

このホテルの再生をなのか、ただ働いてくれと頼んだのか、それはわからないけど。

「おまえ、支配人になる……のか？」

「なるわけないだろ。そういう面倒なのはごめんだ。でも、俺にもちゃんと『サービスの父』の血が流れてるのは、おまえのおかげでわかった。ご奉仕するのもけっこう楽しいな」

和喜田がエロくさい笑みを浮かべ、あれやこれやを思い出した倉原は赤くなって顔を背けた。

「俺への奉仕とかいらないから。そういうのはお客様に……」

「ああそういえば、祖父さんはすごくもてる人だったらしいが、結婚してからは死ぬまで祖母ちゃん一筋だった。その血は受け継いでるといいなって、ずっと思ってたよ」

「へえ。さすがサービスの父、だな」

倉原は尊敬する人の素敵なエピソードに目を輝かせた。

「そこでいい顔すんなよ。違うだろ、ここは祖父さんを褒めるとこじゃないだろ？」

和喜田の拗ねた顔が可愛くて、フッと笑う。意外に和喜田はいじめがいがあるのかもしれない。

「わかってるよ。俺もおまえがその血を受け継いでいることを願うよ」

本当に、切に願う――。

和喜田はコーヒーをテーブルに置いて倉原の横に座り、その身体を自分の方へと引き寄せた。

「つらいか？　加減はしたつもりだが」

肩口に引き寄せた倉原の頭の、つむじの辺りに唇を寄せて問う。

「そ、そんなの聞くなよ」

赤くなった顔を隠すようにうつむけば、和喜田の胸に頬を寄せるような格好になった。

無意識に眼鏡を押し上げようとして、それがないことに気づく。

「眼鏡は新しいの買ってやるよ」

「え？　まあ、予備はあるし、なくてもなんとかなるんだが」

外してみるのもいいかもしれないと思った。少しずつ、緩みすぎない程度に変わってい
く。和喜田と一緒ならできる気がする。

「いや、しとけ。眼鏡はしとけ。なんかだだ漏れてるから……」

緩み推進派のはずの和喜田に出鼻をくじかれた。

「なんだよ、だだ漏れって」

「言っただろ、俺に抱かれれば色気が出るって。まああの時は興味とイタズラ心みたいな
のが大きかったけど、今となっては……。手柄を誇りたいより、隠したい」

「なに言ってんだか……。そんなことより、紺野だよ。顔を合わせるのが憂鬱だ」

とんでもない醜態を見られてしまった。後始末までしてもらって、先輩だと格好つけて
いただけに、情けないことこの上ない。

「ああ、あいつの記憶は抹消しないとな」

和喜田は同調したが、なぜかすごく悪い顔をしている。

「そういえばおまえ、なんであそこに来られたんだ？」

助けに来てくれた時のことを思い出して訊ねる。

「俺と食事の約束してたの忘れたのか？　おまえが時間に遅れるのに一言もないのはおかしいし、コンシェルジュデスクに行ったら、紺野がおろおろしてるし。アメリカ野郎の部屋から変な電話がかかってきて、倉原さんが戻ってこないって」

「それだけで、無断でマスターキー持ち出して中に踏み込んだのか？」

「あの男、おまえに異常に執着してたから。すでに素行《そこう》は調査済みだったんだよ。最低のクズ野郎だってことも、ゲイだってこともわかってたから、呼び出されたおまえが戻ってこないなんて聞いたら、即断即決。俺の直感は正しかった」

「まあ……助かったけど。あの、ありがとな」

まだ礼を言っていなかったことを思い出して、ボソッと礼を言ってみた。もっとちゃんと言うべきだと思うが、なんだか無性に恥ずかしい。

「やっぱり俺の直感は正しい。おまえに無性にキスしたくなるのが自分でも不思議だったんだが、本能でこの可愛さを見抜いてたんだな」

そんなことを言って倉原の顎に手をかけ、キスを仕掛けてくる。軽いけれど甘いキス。

「俺のことなんか、見下してたくせに」

「見下してるっていうか……、ああ頑張っちゃってんなあって、まあ見下してたことになるのかね。それでも目が離せなくて……なんかわからないけど護りたくなって。男もいけそうなおっさんの酒の誘いにひょいひょい乗るし、自分をしっかりしてると思ってるのが危なっかしいんだよ」

「おまえにひょいひょいとか言われると、ものすごく理不尽なものを感じるんだが。まあ、人を見る目に関してはまだ修行中だ。いろんな人と触れ合ってみないと」

人付き合いを始めたのはこの仕事に就いてからだと言っても過言ではないほど、それまでの世界は閉じていた。

「いろんな人と、ねえ……。でも、おまえに触れていいのは俺だけ、なんだよな？」

ニヤニヤ笑う和喜田がなんのことを言っているのか、しばらくわからなかった。

「え？　え？　聞こえてたのか!?」

花瓶の割れる音でかき消されたと思っていた。ケインに触れられるのがたまらなく嫌で出た、心の叫びだった。カーッと真っ赤になる。改まって好きだと言わなくても、その前にすでに告白していたようなものだったのだ。

「嬉しかったけど、おまえの格好見たら吹っ飛んだ。あの男は絶対抹殺《まっさつ》する」

和喜田の前ではもう自分は素っ裸なのだ。強がりもダメなところも弱いところも知られて、心も身体も素顔も見られた。誰よりも意地を張っていたい相手だったが、すべて晒したらこれほど気の置けない相手もいない。

自分が緩むのを感じる。コーヒーの香りが、二人だけの空間が、外敵のいない温室の中みたいに心地いい。

こんな時間を自分が誰かとすごせるなんて、思ってもみなかった。家に帰ればいつも独りで、それがずっと続くのだとなんとなく思っていた。それでいいとも思っていた。

如月に自分の幸せを追えと言われても、まったくピンとこなかった。

だけど一度手に入れたら、もう手放せない。和喜田のいない未来は考えられない。

きっとこれからも、和喜田には自分より相応しい人がいると卑屈になったり、和喜田のために諦めようと思ったり、和喜田を幸せにしようと頑張ったりするだろう。

でもいつかは、和喜田の隣に自分がいるのは当たり前——だと言える人間になりたい。

「よし！　俺は仕事に行く。一旦帰って着替えて……」

自分に自信をつけるには仕事しかない、そう思って立ち上がろうとしたのだが、あらぬ場所に生じた違和感に、上がりかけた腰がゆるゆると落ちた。眉間に深いしわが寄る。

「無理すんな。休めよ、紺野を倍働かせるから」

横から伸びてきた和喜田の手が腰を撫でさする。優しさからと解釈するには手つきがいやらしい。

「それはダメだ」

結局、和喜田に車で送ってもらって家に帰り、和喜田に手伝ってもらって着替えた。倉原が手伝えと言ったわけではない。奉仕精神に目覚めたと言って、手取り足取り手伝われてしまったのだ。

予備の眼鏡を掛け、髪を後ろに撫でつけ、スーツも着た。いつもと同じ格好なのに、なにかが違う気がしてならない。でも鏡を見ても違いはわからなかった。

「眼鏡かけてもだだ漏れだな。エロい方の色気が……。ていうか、ストイックな格好の方が余計そそる。やっぱりおまえ、今日は休め」

そう言われて、もう一度鏡の中の自分を見る。なるほどこの疲れた顔がいつもと違うのかと気づいた。

「そんなふうに見えるのはおまえだけだから心配するな。これは色気じゃなくて疲労だ。おまえの目がおかしいんだ」

和喜田の目にはとんでもない色眼鏡がかかっている。でもその色眼鏡を外してもらっては困る。和喜田だけがかけていてくれたらいい。

「おまえに疲労と色気を見分けるのは無理だよなあ」

人を馬鹿にしたような顔を久しぶりに向けられ、睨みつければ、引き寄せられて口づけられた。身体に火が点きそうになって、慌てて突き放す。

「触るな。もう行くぞ」

「あー、やっぱ見せたくねえ」

親バカな親を持つ子供にでもなった気分だ。

それでも和喜田はちゃんとホテルまで送ってくれた。更衣室に行くと、いきなり紺野に遭遇する。ワイシャツにボクサーパンツという姿で、犬のように駆け寄ってきた。

「倉原さーん。よかった、大丈夫ですか!?　僕もう本当に心配で心配で」

「ごめんな。後片付けまでしてもらって、助かったよ。ありがとう。で、情けないところを見せてしまって申し訳ないっていうか、その……」

「情けなくなんてないです！　あんな目にあったのに今日もちゃんと時間通りで。尊敬してます。でも大丈夫ですか？　首のところ、すごく赤くなって……」

首筋に紺野の指が触れた瞬間、ビクッと反応してしまう。自分でも驚くほど過敏に。

「触るんじゃねえよ、紺野」

紺野の視線が倉原の後ろに逸れ、その顔を見た途端に勢いよく手が引かれた。

「し、心配しただけで他意はないです、和喜田さんっ」

紺野は後ろで手を組んで、和喜田に向かって言い訳する。

「あ、倉原さんも言ってましたよね……『俺に触れていいのは和喜田だけだ！』って。すみません触っちゃって」

倉原に向かっては、テへ、とばかりに頭を掻いてみせた。尊敬と言いながら、和喜田とでは対応がかなり違う。しかしそんなことより、

「……やっぱり、おまえにも聞こえてたか……」

できれば知りたくなかった事実に項垂れる。

「はい。僕は一応、お客様の部屋だからノックくらいしないとって言ったんですよ？　でも和喜田さんに、『クソ客と倉原とどっちが大事だ!?』て、怒鳴られちゃって。お二人とも意外に熱くて激しくて……相思相愛ですね」

紺野はにこにこ笑って言った。邪気のない笑みに打ちのめされる。恥ずかしくて居たたまれなくて、やっぱり今日は休もうか、紺野に仕事を全部押しつけて……なんてことまで考えた。

「紺野、それは誰にも……」

「倉原に手ぇ出したら、死ぬぞ？」

「そんなことしません。お二人には幸せになってほしいですから。全力で応援します！」

「よし」

「よし、じゃないだろう！　あ、あのな、紺野。あのな……あ、ありがとう」

適当にごまかすこともできず、嘘をつくこともできず、結局真っ赤になって礼を言った。倉原の赤いのがうつったように、紺野もほのかに頬を染め、それを見た和喜田は鋭く目を細め

た。

「紺野……おまえのロッカーは向こうだよな。さっさと行けよ」

紺野は和喜田に尻を蹴られて追い払われた。その姿がロッカーの向こうに消えると、和喜田は倉原の肩を抱き寄せる。

「あんな顔を後輩に見せるのはよくないと思うぞー、倉原」

顔を近づけて脅すような口調で囁いた。

「え？　俺、なんかまずかったか？」

「おおいにな。色気に可愛いをプラスしたらコロッといっちまうだろ。特にあいつ、おまえに懐いてるし」

「馬鹿な。だからおまえの目がおかしいだけだって……」

腕の中から抜け出そうとしたら、顎を掬われてキスされた。それもかなり……息切れがするほどに濃厚なやつを。紺野もロッカーの向こうにいるし、誰が入ってくるかもわからない。その緊張感のおかげで流されずに済んだ。

「か、軽々しくこういうこと、すんな！」

「あーあ、堅物くん出てきちゃった。付き合いたてっていうのは無駄にいちゃいちゃするもんだろ？」

「おまえの物差しで測るな。俺はそんなこと、したことない」

「へえ、いちゃいちゃしたことないんだ？　へえ……」

「な、なんだよ」

「なにも。お仕事頑張ってこいよ。俺のコンシェルジュ様」

「仕事中はゲストのためのコンシェルジュだ」

「はいはい」

和喜田はクスクス笑っている。機嫌を損ねたかと思えば、急に機嫌がよくなって、やっぱり和喜田はよくわからない。

「仕事が終わったら、俺専任な。今夜も待ってるから、俺のお願い叶えてくれよ？」

和喜田は倉原の鼻に唇を寄せながら囁いた。倉原の目はその唇に釘付けになる。ニヤッと笑みの形に広がった唇に色気を感じて、頬に血が上る。

「おまえのお願いって……？」

「朝までベッドでいちゃいちゃするだけのお仕事。簡単だろ？」

倉原にとってはどんな無理難題よりも困難なリクエストに思えた。しかしできないとは言いたくない。

「……が、頑張る」

真面目な顔で答えれば和喜田は噴き出した。また馬鹿にされたのかとムッとする。

「頑張らなくていい。それは自然にできる。……でもう、おまえが仕事を頑張るのは止

めないよ。楽しいんだろ？　頑張るの」

一言で笑顔になる。必死に頑張ることをあんなに馬鹿にしていたのに、認めてくれたのだ。

「うん、楽しい。誰かのために頑張るのは、すごく楽しいぞ」

頑張るなと言われても、きっと和喜田のためにも頑張ってしまうだろう。それはとても楽しいに違いないから。困難でも。いや、困難なほど――。

「ほんじゃ、夜に向けてちゃちゃっと仕事終わらせてこい」

「ちゃっちゃとって……やっぱりおまえは、軽いな」

「軽いのもいいだろ？　何事もやってみなくちゃわからない。一歩足を踏み出しただけで世界はがらっと変わる。軽けりゃたくさん見られるし、重けりゃじっくり見られる。どっちもいいが、おまえはいろんなものが見たいんだろ？　おまえの一歩が重いなら、俺が飛んでやるよ。だから俺の手をしっかり握ってろ」

「……うんわかった、そうする」

倉原はふわっと笑って、差し出された手を取った。力の抜けた笑みのどこにも胡散くささはなく、和喜田の笑顔にも人を馬鹿にしたような冷たさはなかった。

重いとか軽いとか、堅いとか緩いとか、それは一長一短。なにがよくてなにが悪いというものではない。一緒ならきっと補い合える。

「でも俺は、漬け物石なみに重いぞ？」

「ああ。それくらいでちょうどいい。軽々と渡れる人生なんてつまんねーよ」

正反対の二人は、困難を恐れない似たもの同士でもあった。

口にしない願いまで叶えてくれる和喜田は、倉原にとって最高のコンシェルジュ。互いが互いのコンシェルジュならば、二人の未来に不可能はない。

チェックアウト

■あとがき■

こんにちは。李丘那岐《りおかなぎ》です。

このお話は、以前他社様の雑誌に掲載されたものを大幅に改稿したものです。どれくらい大幅かといいますと、残っているのはキャラの名前と仕事くらいじゃないか、というくらいなので、もう別の話だと言ってもいいような気がします。長さも倍ではきかないくらい延びましたし……。

しかし私はすんごく難儀でございましたよ。

倉原《くらはら》と和喜田《わきた》はもう一度ちゃんと恋ができてよかったのかもしれません。

話が難儀というより道のりが難儀で、いろんなものを乗り越えて、いろんな人に迷惑をかけて、やっと本という形にたどり着くことができました。なんというか、感無量です。

話変わりますが、ホテルっていいですよね。ワンダーランドっていうか、テーマパークっていうか。制服いい！　折り目正しいって素晴らしい！　非日常空間万歳！　ああ泊まりたい憧れの高級ホテル――なのです。が、テント担いで旅していた人間には、泊まるだけに大金をはたくことができません。というか、金がない……。

低層の安部屋だって高いんだよ、庶民には！（作中参照）ＶＩＰなんて全然羨ましくなんかないいんだからねっ……とは言えない。ロイヤルカスタマーとかなりたいわあ……。

人間叶いそうにない夢をひとつくらい持っていた方がいい気がします。最近、締切を守るという当然のことが夢になりつつあり、周囲の方にはご迷惑かけまくりで深く反省いたしております。してます。

イラストの松尾《まつお》マアタ様には本当に本当に申し訳なく、土下座ではすまぬほどご迷惑おかけしましたのに、素敵な倉原と和喜田をありがとうございました。感謝、感謝です。先生に描いてほしくて書いた別の二人はついに日の目を見ませんでしたが、い、いつかっ！……無理かな。

旧担当様にはいろいろと勉強させていただきました。新担当様におかれましては、不良債権を引き継がれてお気の毒（おまえが言うな）ですが、いつかきっと大化けする（という夢を見ている）ので、どうぞよろしくお願いします。

この本の製作に携わってくださったすべての人に感謝を。

読者様におかれましても、どうか夢を持って。共に邁進していきましょう。ここまで読んでいただきありがとうございました。

それではまたどこかでお会いできますように。

二〇一三年秋の桜と金の穂揺れるのどかな日に……李丘那岐

初出
「ディア・マイ・コンシェルジュ」
2010年1月号 小説b-BOY(リブレ出版)
「コンシェルジュの憂鬱」大幅加筆修正

CHOCOLAT
BUNKO

この本を読んでのご意見、ご感想をお寄せ下さい。
作者への手紙もお待ちしております。

あて先
〒171-0021東京都豊島区西池袋3-25-11第八志野ビル5階
(株)心交社 ショコラ編集部

ディア・マイ・コンシェルジュ

2013年12月20日 第1刷

著 者:李丘那岐
発行者:林 高弘
発行所:株式会社 心交社
〒171-0021 東京都豊島区西池袋3-25-11
第八志野ビル5階
(編集)03-3980-6337 (営業)03-3959-6169
http://www.chocolat_novels.com/
印刷所:図書印刷 株式会社